葵《あおい》

篠田るい
SHINODA Rui

文芸社

目　次

葵

第一章　出会い

財布の中には小銭で数百円が入っているだけだった。幼い麻里恵の手を引いて近くのスーパーマーケットに向かっていた。今あるお金でここ数日を過ごさねばならない。

DVの夫の元から麻里恵を連れて逃げた。家を出る時に持って出たお金は、もう底をつきかけていた。夫に居場所を知られないために、住所を変えるわけにもいかず、頼る人もいない土地で、保証人になってくれる人もなく、家も借りられず、安いビジネスホテルを泊まり歩いているため、持って出た預金もあまり残ってはいなかった。

「これからどうしたらいいだろう？」

その事だけが頭の中でぐるぐる回っていた。

三ヶ月前まで、千秋は夫「恭介」と麻里恵と三人で東京で暮らしていた。

結婚して三年程は幸せな日々だった。恭介は銀行マンで同期の中でも出世頭だったので、給料も他の人よりはかなり多かった。麻里恵も生まれて、銀行マンとしても家庭人としても順風満帆な人生かと思われた矢先、恭介の担当だった融資先が不渡りを出して倒産した。

銀行に不良債権問題がのしかかり、恭介の責任が問われた。銀行での恭介の立場は一気にお荷物扱いになった。

　その頃から家では些細な事を理由に、躾《しつけ》と称して麻里恵に暴力をふるうようになった。躾というには程遠い虐待だと千秋には思えた。この時、麻里恵はまだ二歳になったばかりだった。千秋がかばうと今度は千秋に殴る蹴るが始まった。顔には手を出さないが服の下は二人とも痣《あざ》だらけだった。ある夜、恭介はまた些細な事で麻里恵を殴り、足で蹴り上げそうになったので、千秋が割って入り蹴り倒された。息もできず、死んでしまうのではないかと思った程だった。これが、麻里恵だったらと思うとゾッとした。

「このままでは二人とも殺されてしまう」

　その夜遅く恭介が眠るのを待って、麻里恵を連れて家を出た。遅かれ早かれそんな日が来ると予感していた千秋は持って出る荷物をまとめていて、後は決心するばかりになっていた。

　眠っている麻里恵を背負って最寄りの駅に急いだ。ちょうど入ってきた列車に飛び乗った。その時は東に進んでいるのか西に進んでいるのかもわからずにいたが、終点である新宿に着いて初めて東に来た事がわかった。新宿で乗り換えて東京駅に着き一夜を明かし、始発の新幹線に乗った。「のぞみ一号」だった。

関東を過ぎ、最初に止まるのは名古屋。名古屋には知人はいなかったが、いないからこそ名古屋で降りる事にした。その日は駅前のビジネスホテルに入り、麻里恵と二人、死んだように眠った。この何日かはろくに眠れていなかった。

一夜明けて、少し落ち着いてきたら、置手紙もせずに黙って出てきたので、恭介が腹立ちまぎれに躍起になって探しているだろうと思った。第一に上尾《あげお》の実家に行くだろう。そう思って実家には行かなかったのだ。両親は死ぬほど心配している事だろう。本当に申し訳ないと思ったが、千秋はこれしか生きる道がないと決心したのだ。両親にかけた心配だけが心に引っ掛かっていたが、恭介には何の未練も感じなかった。それ程愛情も冷め、恭介に対する感情も何もかも失っていた事に気が付いた。愛情があるから結婚したはずなのに、虐待を続ける醜い恭介を見ていたら千秋の心も冷たく変わっていた。それでも「麻里恵の父親だから」という気持ちだけで我慢していた自分が愛おしかった。

いつまでもホテル暮らしというわけにもいかないので、ホテル近くの不動産屋を回って家を探したが、保証人もいない上、居場所を知られないために住民票を取り寄せる事ができない千秋には、本気で家を探してくれる不動産屋はいなかった。大きな都会にいるよりも、家賃も物価も何もかもが安い田舎へ行くことも考えたが、探された時の事を考え「木を隠すなら森へ」という言葉もあるように、都会なら人ごみに紛れることもできると考えて名古屋に留まった。田舎に行ってよそ者として目立つよりも雑踏にまぎれた方が過ごしやすい。ただ、もう少し安く泊まれる宿があって、仕事の見つけやすい「今池」という土地を不動産屋で紹介してもらい、教えられた通り地下鉄で今池に出た。

駅に近いビジネスホテルにチェックインした。早急に家と仕事を探さなければならなかった。住み込みでできる仕事と思ったが、簡単にはそんなに都合の良い求人はなく、教えられた職安や求人の張り紙のある店などにも足を運んだが、小さな子供を連れての職探しが敬遠されて、どこも断られた。

家も見つからず、子供連れでビジネスホテルに何日も泊まっている不自然さに、怪しまれる前にホテルを転々としていた。

毎日、職探しと家探しに奔走していた千秋を支えていたのは、東京駅で乗った始発の新幹線が「のぞみ」だったから、あの時はこれからの人生に希望が持てるような気がした一点だった。そんな他愛もない一点にでもしがみつかないと折れてしまいそうな千秋の心だった。

頼みのお金も底をつきかけていた。今の財布の中の数百円と、明日銀行で下ろせる数万円しか残っていない。ホテルの支払いも今日と明日の分しかなかった。千秋はため息をついた。

「ママ、お腹が空いたよぅ」

幼い麻里恵の声に我に返った。食品スーパーの中だった事をすっかり忘れていた。夕食にできる物を何か買い求めなければならない。手提げが重い事に気が付いて中を見ると、買った覚えのない、弁当と牛乳とパンが入っていた。無意識に欲しい物を手提げの中に入れたようだ。辺りを見回すと人影はなかった。「このまま外に出れば」と、そんな考えが浮かび、店の出入り口の方に向かった。もう少しで出口という時、後ろから声をかけられた。

「ちょっと待って。外に出なくても店内のカゴはここにあるわ」

振り向くと見るからに水商売風の和服の女性だった。年の頃は四十を少し過ぎたあたりだろうか。

千秋は自分が万引きをしようとしていた事を見透かされている事実に、言葉も出なかった。女性に促されるまま、手提げの中の商品をカゴに入れて、早々にその場を逃れようとしたが、女性が千秋のカゴを先に持った。そのまま帰るわけにもいかず、女性の後ろに従ってレジに並んだ。女性のカゴの中には高そうなメロンが一つだけ入っていた。

レジの女の子にカゴを二つ示し、

「会計は一緒にしてね」

とニッコリ笑った。女性は千秋の分も支払いを済ませて外に出ると、先に立って歩き出した。今買った商品の代金を払いお礼を言って帰ろうとしたが、

「こんな道端でお金のやり取りもないでしょ」

と先に喫茶店に入って行った。仕方なく千秋も従い、お金を払ったら帰るつもりだった。

女性は珈琲を二つ注文し、麻里恵にはオレンジジュースとサンドイッチを頼んだ。やる事が全て手馴れていて物腰が柔らかだった。女性に正面から見据えられて、万引きの件もあり、千秋は蛇に睨まれた蛙のように身動きができないでいた。女性は
「貴女、お名前は？」

と聞いた。千秋はそれには答えず、早くお金を払って外に出る事ばかりを考えていた。

「ご自分で何をしようとしていたかはわかっているみたいね」

女性は優しく諭すように言った。

「はい」

消え入るような声だった。

「小さな子供さんもいるのに、のっぴきならない事情があるとは思うけれど、万引きは犯罪よ。犯罪は駄目よ。子供は親を見て育つものよ。たとえ貧乏でも心は貧しくならないよ

うにしないと。子供に堂々とした背中を見せられないでしょう？」

「はい」

そう言うしかなかった。

「私でよければ、話してみて。これも何かのご縁だから。袖すりあうも他生の縁って言うでしょう。まずお名前を聞こうかしら？　ごめんなさい。その前に電話を二本かけさせてもらうわ。待っていてくれる？」

そう言うと、携帯を取り出した。最初は
「店に出るのが少し遅れそうなの。千秋ちゃん宜しく頼むわね」

千秋は急に自分が呼ばれてびっくりしたが、電話での会話だった。次は
「中西さん、今日は帰りを少し遅くしてもらえないかしら？　そうね、三十分程延長してほしいけれど大丈夫かしら？」

電話の向こうの中西さんという人が大丈夫と答えたようだ。

「では、お願いね」

そう言ってから、千秋の方に向き直った。

「お名前は？」

「二階堂千秋と言います。この子は麻里恵です。二歳になります」

まだ正式には離婚しているわけではないが、旧姓を名乗った。

「千秋ちゃんと言うの。じゃあさっきはびっくりしたわね」

千秋を見て笑った。千秋は曖昧に笑った。

「それがどうして今日のような事になったの？」

千秋は覚悟を決めて、夫のＤＶの事、三ヶ月前に家を飛び出した事、行き当たりばったりでここに着いたが、家も借りられず仕事も見つからず、持って出たお金も底をつきかけている事などを、順序立てて要領よく話した。女性は黙って聞いていたが、

「今いるホテルはここから近いの？　すぐに行ってそこを引き払いましょう。千秋ちゃんが本当に働く気があって、どんな仕事でもすると言うなら私が保証人になるわ」

「でもホテルを引き払ったら今夜泊まる部屋がありません。不動産屋さんも今日はもう閉まっているから困ります」

「大丈夫、今夜は私の部屋に泊まりなさい。その代わり、今日は私の仕事を手伝ってもらうわよ。さっきのスーパーの代金も払ってもらうけれど、今は貴女が仕事をするための支度金にしておくわ。そうと決まったら、急いで帰らないと中西さんの延長の三十分が過ぎてしまうわ」

「散々ご迷惑をおかけしているのに、見ず知らずの私にそんなに優しくしていただいて、

まして氏素性もわからないのに家に泊めて下さるなんて。そんな厚かましい事はできません」

「何を言っているの。背に腹は代えられないでしょ？　もうわかっていると思うけど、私は今池の駅の近くでクラブをやっているの。今日だけは私の手伝いをしてもらうけれど、貴女がこの仕事が嫌なら、別の仕事を探してもいいのよ。その時保証人が必要なら私がなるわ。ただ、一つだけ言っておくわね。子供を育てながら女が一人でやっていくのは並大抵な事ではないのよ。生半可な気持ちではできないという事よ。人の助けも必要な時には素直に受けて、自分が手助けができる時には骨身を惜しまず必要としている人を助ける。そうやって世の中は回っていくと私は思っている。貴女も相当な覚悟を持って家を出てきたとは思うわよ。でも今日のような事になったって事は、その覚悟がもう一つ甘かったって事ではないの？　貴女は『見ず知らずの氏素性もわからない自分』と言ったけれど、私は商売柄、人を見る目だけはあるつもりよ。貴女の今までの経緯の話、とても要領が良く簡潔でわかりやすかった。頭の良い人だと私は思ったわ。そこに相当な覚悟と腹を括った、良い意味での開き直りが加われば、きっと道が開けると思うわよ」

そう千秋をいさめると、伝票を持って先に店を出た。千秋は慌てて麻里恵を連れて後を追った。途中のＡＴＭでお金を下ろして泊まっているホテルに行き、置いてある僅かな荷物を持って支払いを済ませた。
女性はマンションへの道を歩きながら、本名は「山本裕子」というが、店での源氏名は「柊《ひいらぎ》由紀」、店名は「クラブ のぞみ」という事などを話した。ホテルを経由して遠回りをしたが、今池の駅から十分程の高級そうなマンションだった。
麻里恵は見る物が全て珍しく映るのか、キョロキョロ辺りを見回していた。麻里恵はおとなしい子供だった。恭介がいつ怒り出すかわからない生活をしているうちに、静かにしていれば怒りの矛先が自分に向いてこないという事を身をもって感じていたのかもしれない。喫茶店で千秋と裕子が話している間もジュースを飲んだり、裕子が頼んでくれたサンドイッチを食べたりしておとなしくしていた。そんな麻里恵を見ると千秋は不憫でならなかった。
部屋に戻ると、中西さんと呼ばれた女の人と息子の俊也に、千秋を遠い親類の娘だと紹介した。中西さんに要領良く指示を出して二人分の布団を用意させ、千秋に自分の若い頃の少し派手になった着物を着付けさせた。麻里恵は綺麗に着物を着付けられた千秋を見て
「ママ、かわいい」
と、目を丸くしていた。裕子は
「麻里恵ちゃんは寝つきの良い方なの?」

と千秋に声をかけた。千秋は
「寝つきはあまり良くありません。いつもはもうすぐ眠る時間ですが、今日はどうかわかりません。ただ、一度寝たら朝までぐっすり眠る子で夜泣きは滅多にしません」
と返事をした。
　裕子は千秋に店を手伝ってもらうためにこれから二人で出かけるが、中西さんには、帰りが遅くなりそうで申し訳ないが、と断り、麻里恵を寝かしつけてから帰るようにと指示を出し、俊也には、その後もし麻里恵が夜泣きでもしたら、すぐに自分の携帯に連絡を入れてくれるように、と言った。千秋が
「何から何まで本当にすみません」
と、頭を下げると
「今日は急な事だから仕方がないわよ。あまり遅くなるといけないからもう店に向かいましょう」
と、千秋を促して店へと急いだ。
　店までの道すがら、裕子は、もう八年程になるが中西さんが午後三時から午後八時までの通いのお手伝いさんである事、息子の俊也は中学三年生である事などを千秋に話し、店の女の子たちにも、千秋が遠い親類の娘という事にしておくから話を合わせるように言い

店のドアを開けた。

第二章　追憶

午後七時半になろうとしている時間に繁華街のスーパーマーケットに小さな子供を連れて来る客は滅多にいなかった。たまに見かける事はあっても、夕食で足りない物を慌てて買いに来たような感じで、目当ての物を買ったらすぐに帰って行った。

その日は様子の違う親子連れだった。ボンヤリと棚の物を見ていたかと思うと急に自分の手提げに入れた。普通、万引きをしようとする者は、辺りをキョロキョロと見回して人がいない事を確認して、自分の手提げに入れるものだが、そんな不審な様子は見せず何気なく入れた。何か他の事に心を奪われているようだった。

裕子にも覚えがあった。十年前、四歳の俊也を連れて名古屋に出て来た裕子は三十一歳だった。その時の自分を見ているようであった。あの時は裕子に手を貸してくれる知り合いもいなかった。目の前にいる親子連れは、あの時の裕子と俊也だった。何とか力になってやりたかった。このままズルズルと落ちていくような目にはあわせたくなかった。そう思ったら咄嗟《とっさ》に声をかけていた。

福岡出身の裕子は東京の大学で夫となった正太郎と出会った。岐阜の小さな町にある正太郎の実家は古いしきたりの残る庄屋で、義父はその町の町長をしていた。跡取り息子の正太郎はいずれは義父の後を継いで町長になるはずだったので、大学を卒業した正太郎は父親の秘書となるべく裕子を連れて実家に戻り、結婚したのだ。姑は大切な息子には、自分の眼鏡に叶った娘を嫁にするつもりでいたのに、正太郎のごり押しに負けて嫁にしたものの、裕子が気に入らず、何かにつけて裕子にきつく当たった。二言目《ふたことめ》には

「どういう育てられ方をなさったのかしら?」

と皮肉交じりに言った。

最初のうちは、夫正太郎が矢面に立って裕子をかばってくれていたが、そのうち正太郎も、癒されるはずの家庭の中で、母と妻の間に立つ事に疲れてしまったのか、外に女性を作り滅多に家に寄り付かなくなった。そうなると裕子に対する姑の当たりがよりきつくなった。

外の女性に正太郎の子供ができたと知った時を区切りとして、裕子は離婚を申し出た。姑は生まれた子供が男の子だったら離婚を認めるが女の子だったら認めないと宣言した。

裕子は
「このままこの家に留まれば、いつか俊也を取り上げられる」
との思いに駆られ、女性の子供が生まれる前に正太郎に離婚届に判を押させた。正太郎は離婚が成立するのは願ってもない事だったので、すんなり判を押してくれた。正太郎には何時《いつ》も目先の事しか見えておらず、その場しのぎの策しかないため、後々それがどういう状況をもたらすかの判断は皆無だった。

裕子はその日のうちに役場に届けを出し、最小限の荷物と俊也を連れて名古屋に向かう列車に乗った。裕子には、決断力と実行力が備わっていたのだろう。

名古屋に出て、俊也を育てていく覚悟だった。福岡の実家に帰る事も考えたが、いい年をして年老いた両親に負担をかけたくなかった。女が一人で仕事をしながら子供を育てるという事がどれ程大変な事か、わかっているつもりであったが、現実には裕子の想像を遥かに超える問題があった。

家を借りるのも、遠い福岡に住む両親が保証人では中々《なかなか》借りられなかった。

ビジネスホテルに泊まりながら、不動産屋を歩き回って、やっと新栄にある小さなアパートを借りられる事になった時には、名古屋に来てから一週間程経っていた。

次は保育所探しである。近くの保育所に俊也を預ける申し込みに行ったが、保育時間が午前九時から午後の五時までだったので、「五時までにはお迎えをお願いします」と言われた。仕事を保育所の時間に合わせるしかなく、時間の合う仕事は中々なかった。職安に行ったり、駅の情報誌、新聞の求人欄、チラシの募集記事を見て、事務職ばかりでなく、コンビニの店員、レストランの厨房、宅配の配達、色々な職業を視野に入れて探したが、どれも裕子が必要とする給料をくれるところはなかった。

部屋代、食費、その他の生活費、保育料を払うだけのお金を稼ぐには、普通の仕事ではとても足りなかった。五時までの仕事の他に夜はアルバイトをするとしても、俊也を一人で部屋に残しておかなければならず、裕子は思案に暮れていた。

気が付くと、午後三時になろうとしていた。俊也の保育園から

「初日なので少し早めのお迎えをお願いします」

と言われていたので保育園に向かおうとした時、壁にある求人の貼り紙に気付いた。「クラブ 坂井」がホステスを募集していた。水商売は考えた事がなかったが、「時給 二千五百円」と書いてあり、その金額につられて電話をかけた。

電話に出たのは少し年配の感じの人だった。裕子は

「ホステスは初めてですが、働きたいのでぜひ面接を受けたいです」

と、最初から言った。相手は何かを感じたのであろう。

「すぐに面接をするから今からでも来られる？」

と聞かれた。裕子は願ってもない事だと返事をして、教えられた通り地下鉄で今池に出て店へと向かった。

会ってみると、かなり年配の感じのママだった。だからこそ、厳しい目で裕子を見つめた。裕子は子供がいる事、名古屋に出て来たばかりである事、岐阜の旧家での生活、離婚した経緯を老ママに問われるまま正直に包み隠さず話した。黙って聞いていた老ママは言った。

「子供を育てながらの生活は相当な覚悟が必要よ。特にこの仕事は自分をしっかり持っていないと流される。人に甘えていては駄目。何事も自分が主体なの。その覚悟はあるの？」

裕子は「はい！」と力強く頷いた。

その日から働けるかと聞かれたが、俊也の事もあり、明日からという事になった。明日の夜は、俊也に言い聞かせて留守番をさせるしかないと思ったら、老ママは、今店にいる女の子が子供を預けている夜間の保育所を紹介してくれた。店から十分くらいの所にあるらしい。無認可の保育所だが、夕方五時から十二時頃まで預かってくれるから話を聞いてみると良いと教えてくれた。

裕子はその足で保育所に回り、明日から俊也を預ける事にした。夜の仕事ならば、昼間は自分で見ていられる。初めての水商売だが、やり抜かねばならない。絶対に挫けるわけにはいかない。そう決心して俊也を迎えに向かった。

次の日、裕子は緊張して店のドアを開けた。水商売に足を踏み入れた瞬間だった。

第三章　修行

「クラブ 坂井」のママは源氏名を「五条スミ子」といった。

裕子を雇い入れたその日に、裕子にも源氏名を付けてくれた。「柊由紀」。「柊」は魔除《まよ》けになるから、色々な魔を除けて、この仕事で大成するようにと、何も知らない裕子に水商売のイロハから教えてくれた。

知らなかったから見る物聞くこと全てが新鮮で、その全てを布が水を吸い取るように吸収していった。スミ子ママにとっても、教え甲斐、育て甲斐がある裕子だったに違いない。何かと裕子に目をかけ手を差し伸べてくれた。裕子は本当に恵まれていた。

あの時スミ子ママに会わなかったら、どうなっていたかわからないと裕子は常々思っていた。スミ子ママには本当に恩を受けた。その恩を、今、困っているらしい自分と重なる母子に力を貸す事で返せそうな気がしたのだ。

午後四時過ぎに部屋を出て、俊也を保育所に預けて「クラブ 坂井」に出勤する生活になった。店では午後十一時過ぎまで働き、保育所で寝ている俊也を抱いて部屋に帰る。部屋が新栄では身体への負担が大きいので、店の近くのアパートに引っ越しをした。スミ子ママが保証人になってくれたので、借りる契約もスムーズに進んだ。家賃は少し高くなったが、金銭的な負担より、身体の負担を軽くした方が長く続けられると判断した結果だった。

そんな生活が一年程続いた頃、スミ子ママが店の皆を集めて言った。

「私は後《あと》一年で引退しようと思ってる。そしたらこの店を誰かに任せたいと思う。ぜひ自分がやってみたいと思う人がいたら申し出てほしい。もしいなければ、外からスカウトしてくるつもり。誰でもいいのよ。その気持ちがあって、今のお客様との関係や、この店の雰囲気、そうしたものを、最初だけは受け継いでやってほしいけれど年数が立てば、そのママの器量でやってくれて構わない。任せたら私は口を出さない。我こそはと思う人はぜひ手を挙げてみてね」

この仕事をしている者は、何かの目的があってアルバイトのつもりでしている人も多いので、目的を達成すると辞めていく者も多かった。この時、「クラブ 坂井」にはママの他に六人のホステスがいた。三人は日替わりでコンパニオンとして派遣されてくる子だったが後の三人はスミ子ママに雇われているホステスだった。

　裕子も一年程経っていたのでベテランの部類に入るホステスになっていた。裕子は「こんなに良い話はこれから先にはもうないのではないか」と思った。店を出すことになればまとまった資金が必要となる。その資金を貯めてからと思ったら何時《いつ》になることか？　でも今手を挙げればその資金が殆ど必要なく店のママになれる。今は雇われママだが、自分の店を持つ足掛かりにすれば良い。「思い切って手を挙げてみようか？」裕子は思い悩んだが、スミ子ママに申し出る前に、同僚の一人である、ももかに声をかけてみた。

「ももちゃん、ママが言ってた事どう思う？」

「私は今はこの仕事をしてるけど、いずれは足を洗うつもり。だから受けない」

　ももかははっきりと言った。

「実は私は考えてるのよ。やれる自信はないけれど、俊也を育てなきゃならないし、いずれは自分の店を持ちたいとも思ってる。だから、ある意味チャンスかな？と思うし」

「由紀ちゃんならやれると思うよ。五月ちゃんにも話してみたら？　私は由紀ちゃんがママになってくれるなら、大歓迎よ。もう少し店に居たいと思ってるし、他の店から来た知らないママよりやりやすいと思うから」

「じゃあ、五月ちゃんにも聞いてみようかな？　五月ちゃんがどう思っているか？　五月ちゃんも受ける気があるなら、最初は共同でもいいよね？　スミ子ママも他から連れて来る人より私達の方が安心かもしれないし」

「そうだよ、やってみなよ。雇われママだから給料は今までとあまり変わらないかもしれないけど、任されたらやりがいが違ってくると思うわ。由紀ちゃんは根性もあるし、ゆくゆくは一軒構えるつもりなら、ママの見習いのつもりでやればいいのよ」

ももかにも背中を押され、裕子は段々その気になってきていた。後《あと》は五月が何と言うかだが、裕子の気持ちは固まっていた。

話を聞いた五月は
「実は私も考えていたのよ。ママも、いなければ他から誰か連れて来ると言ってたけど、私達のうちの誰かが引き受けてくれないかな？　と思ってると私は感じてる。由紀ちゃんがその気なら、始めは二人でやってみようか？　色々な相談もできるし、スミ子ママにも教えてもらいながら、店を経営するって事はどんな事なのかを修行させてもらうつもりで、やってみるのもいいかも？」

五月は気のいい、よく気が付く子で、裕子より一年程早く「クラブ　坂井」に勤めていたので先輩だったが年齢は一歳年下だった。

話が決まったので、二人でスミ子ママのところに出向きその旨を伝えた。ママは
「二人がそう言ってくるような気がしていたわ。わかった、一年かけて二人を立派なクラブのママに育てるのが、この仕事に対する私の納めの仕事になるのね。ママとしてのお客様に対する心構えだけでなく、経営者としての有り様《よう》も全部あなた達に伝えるつもりで頑張るから」

と、上機嫌で快く承諾してくれた。

それから一年間、スミ子ママは裕子と五月に経営のノウハウ、ママとしての心構え、特に客との信頼関係の結び方、人の心の掴み方、真摯に対応するという事はどういう事かなど、何かにつけて二人に聞かせ、自分のやり方を目の前で身をもって示していった。

客には色々なタイプの人がいて、瞬時にそれを見抜いて対応しなければ、次に繋がらない。客は我儘《わがまま》で自分が一番だから、大切に思ってくれない店には二度と来店しない事、心から相手を思って対応しないと敏感に伝わってしまう事、自分を見失っていると思える客にはそれとなく取り戻す手助けをする事など、ママとしての客への心の使い方を教えた。

店を経営する上では、売り上げを伸ばす事を考えるのは勿論大切だが、会社の接待で使っているお客様には、支払いが済んでいる方にしか営業をかけない事が基本であると説《と》い

た。売り上げの数字が上がっても、代金が入金されなければ店は行き詰まる。それをしっかり守ってこそ、経営は成り立つという事。来ていただいて、入金があって、初めて売り上げたと言えるのだ、と二人に説いた。その日の売り上げの数字に惑わされないよう、時間をかけて教えた。スミ子ママも若い頃はその日の売り上げの数字で一喜一憂した事があったので、そこは時間をかけて力を込めた。その道での先人の言葉は重く二人に響いた。二人は、一つ一つ心に留めながら学んでいった。

スミ子ママが引退を宣言した日からキッチリ一年経ち、裕子と五月に全てを教え切った顔で、その日の閉店後言った。

「私は今日で引退します。二人には私が持っているものを全て伝えたつもりです。これからは力を合わせて店を盛り立ててちょうだいね。迷った時はどんな事も相談に乗るけれど、ああしたらこうしたらとは言わない。最後の決断は二人で良く話し合って自分達の責任で決めるのよ。その結果として店がダメになっても、私の事は考えなくていいわ。但し、当分の間はオーナー料として、売上の五%を振り込んでほしい。二人の給料も自分達で決めて。今、店に来てくれているお客様を大切にして、新規のお客様をより多く獲得するにはどうしたらいいのか、二人で良く考えて。二人はまだ若いから時間は充分にあるわ。頑張ってね」

そう言って帰って行った。後ろ姿は少し寂しそうだったが、やり切った安堵感《あんどかん》も見せていた。

翌日は新しい「クラブ　坂井」の誕生の日であった。

スミ子ママが懇意にしていた工務店の社長に無理を言って、一日で壁紙を変え、床を張り替えてもらった。テーブルと椅子の配置を変え、夕方の開店に間に合わせた。

午後五時、裕子と五月の二人ママとしての大仕事が始まった。リニューアルオープンに合わせて、三日間はボトルキープを半額にした。キープのボトルがあれば次の来店が望める。スミ子ママの助言もあり、次の、いやもっと先を見据えての決断であった。

今までスミ子ママから教えられた接客の全てを注いで、お客様を納得させるおもてなしが何処《どこ》までできるか。二人が力を合わせて何処まで「クラブ　坂井」を盛り立てていけるのか、それを占うためにもこの三日間、二人は心血を注いで接客にあたった。贔屓《ひいき》のお客様からの祝いの花も届き、賑やかに新生「クラブ　坂井」は夜の街という大海原へと乗り出した。

第四章　決意

「カラーン」

ドアチャイムが鳴ったのと同時に
「いらっしゃいませ」

店の中からの声ではなく、ドアを開けた由紀の声が響いた。千秋は生まれて初めてお酒を提供される側ではなく、提供する側として店に足を踏み入れた。明るい清潔感のある店であった。店の中の複数の目が一斉に由紀と千秋に注がれた。店は満席であった。

「申し訳ありません。遅くなってしまって」

由紀はそう言いながら各々のテーブルのお客様一人一人に近づき、頭を下げていた。千秋は何をすれば良いのかわからないので由紀の後について由紀と同じように頭を下げていた。

由紀はそんな千秋を横目で見ながら、

「急に遠い親類の娘が訪ねて来たので、アルバイトに入ってもらおうと私の若い頃の着物を着付けていたものですから申し訳ありませんでした。派手になってしまった着物はたくさんあるので、それを着せようと似合う着物を探していたんです」

由紀は千秋を振り返りながら言った。

「由紀ママに派手になった着物はないだろう。いつまで経っても、この店を開店した頃と全然変わってないじゃあないか」

常連らしい、年配の紳士が言った。

「まあ、お上手ね。そうだったわ。山口さんは褒めて育てるタイプだったわね。割り引きして聞かないと、ついその気になってしまうわ」

由紀ママは流石《さすが》に返しの会話も上手かった。会話も仕草も、何をするにもそつなく、自然に身体が反応していた。

千秋をお客様に挨拶ができる一歩前の位置に立たせて紹介した。

「今日田舎から出て来たばかりの親類の娘で『本橋葵』と言います。周りをハートの形をした葉っぱに囲まれて葵の花は咲くのよ。一生を愛の中で送れるなんて幸せでしょう？ハートの目で可愛がって下さいね」

由紀は一瞬にして千秋に源氏名を付けた。

「ママの親類の娘なら、美人系だね。そう言えば、どことなく目鼻立ちが似てるね」

由紀ママから山口さんと言われた紳士が言った。

「また山口さんのお上手が始まったわね。山口さんはね、この店の前の『クラブ 坂井』の時からのお客様でとても古いお客様なの。その頃から褒めるのがとってもお上手な方なのよ。葵ちゃん、真《ま》に受けては駄目よ。かなり割り引きして聞いてね」

由紀ママは千秋に向かって話しかけた。千秋が自然に会話に入ってこられるようにとの気遣いだった。

「はい。では何％くらい割り引きしてお聞きしたらいいですか？　百％割り引きしなくていいですよね？」

初々《ういうい》しい葵の答えで爆笑が起こった。場が和やかになると同時に、千秋の心も少し軽くなった。万引きの件も少しの間忘れられて、心が楽になった。


スーパーで裕子と知り合い、この店に来るまでの目まぐるしい変化に千秋は戸惑っていた。自分の考えを纏《まと》める間もなく、裕子に言われるままに今日はこの店のホステスとして働く事になったのだ。今晩は裕子の家に泊めてもらう事になったが、明日からはどうしたら良いのか？　もう一度、じっくりと裕子と話さなければならない。

麻里恵を育て、生活していくためには、それ相応の給料をもらえる所でなければやっていけない。部屋代、生活費、麻里恵の保育料を考えれば、かなりの金額になる。持って出たお金は、この三ヶ月の間に殆ど使ってしまった。働いて得た毎月の給料と持って出た預金を取り崩して生活費に充《あ》てればと考えていた千秋の算段はもう破綻《はたん》していた。何もわからないので今日は裕子について歩き、見よう見まねで水割りを作ったりテーブルを片づけたりしながら、頭の中はお金の事でいっぱいだった。

体を動かしていると時間が過ぎるのも早く、気が付けば、もう十一時を回っていた。閉店時間には少し早いが、アフターに行く女の子がお客様と出て行ってしまうと、店は、由紀と千秋ともう一人、「千秋」と呼ばれていた女の子だけになった。由紀は残っていた千秋に向かい

「今日は少し早いけど、お客様も途絶えた事だし、閉店にしましょう。千秋ちゃんには私が遅くなって迷惑かけたし、早帰りよ」

と声をかけた。女の子はニッコリ頷いて、店の外に出て「クローズ」の札をかけ、ネオンを消した。

「ママ、ありがとうございました。また明日お願いします」

と言って、千秋にもニッコリ笑いかけた。

「こちらこそありがとう。また明日お願いね」

由紀もそう答えて、彼女が帰って行くのを見送った。

千秋に向き直った裕子は、

「今日はお疲れ様だったわね。なれない事で疲れたでしょう？」

と千秋をねぎらった。

「貴女も、話したい事、話さなきゃいけない事がいっぱいあるかもしれないわね。俊也からは何も連絡がないから大丈夫だと思うけど、家で麻里恵ちゃんが一人で寝ている事を考えたら、店で話しているより早く家に帰りましょう。今日はゆっくり休んで、明日これからの事を相談しましょう。明日は時間がたっぷりあるわ」

そう言うと、千秋を促して店を出た。歩いても十分程でマンションに着くだろうがタクシーを呼んだ。何時《いつ》も専属的に頼んでいるタクシーらしく、気持ちよく乗車させてくれた。

「由紀ママ、今日はお一人ではないんですね」

タクシーの運転手さんが気さくに声をかけた。由紀は
「そうなの。親類の娘を連れての仕事だったから、近い所だけどお願いしたわけなの。近い所でごめんなさいね」

「いいえ、由紀ママには何時もご贔屓にしてもらってますし、疲れた時には、そんな遠慮はなしにして、呼んで下さい」

裕子は誰にでも気さくに声をかけ、偉ぶらずに話すので皆から慕われているようだった。

家に帰ると、麻里恵はぐっすりと眠っていた。子供ながらに、今までのホテルとは違い落ち着いて眠りに落ちていたのだろう。千秋がそっと頭をなでているのにも、布団をかけ直している事にも気付かずに眠っていた。千秋も久しぶりのふわりと暖かい布団に潜りこんだ。

次の朝、といっても目が覚めたのは、九時になろうとしている時間だった。麻里恵は目覚めていたが一人で静かに遊んでいた。見る物が全て珍しく、麻里恵にしたら遊べる物はいっぱいあったのだろう。お腹も空いただろうに千秋が目覚めるのをおとなしく待っていた。

千秋は慌ててリビングの方に出てみたが、裕子はまだ起きていないようだった。昨日買ったパンと牛乳で朝食にすべく支度にかかったが、裕子の分はどうしたら良いのか？　裕子の寝室にそっと声をかけてみた。

裕子は千秋の声で目覚めたらしく、ガウンを羽織ってリビングに現れた。

「私は何時も朝食は食べないから、貴女達で食べて。トーストだけでなく、冷蔵庫に入っている物は何でも使っていいから、麻里恵ちゃんには卵焼きを作ってあげて。そうだ、ハムもあったと思うから、ハムエッグでもいいわ。遠慮しないで中の物を使ってね」

そう言うとリビングのソファーに腰を下ろし、朝刊を読み始めた。新聞を何誌も取っていた。経済新聞、スポーツ新聞、普通紙も三部程あった。一つ一つを丁寧に読んでいた。千秋は麻里恵と遅い朝食を取った。今までの生活の中で一番遅い朝食であった。それもそのはず、昨夜床についたのは、店が早じまいしたとはいえ、午前一時を回っていたし、慣れない接客でやはり疲れていたのだろう。中々寝つけなかった。しかし、一度眠りに落ちたら、ぐっすりと眠り、朝まで一度も目覚めなかった。東京を出てからこんなに眠れたのは二度目であった。

朝食を済ませ、リビングに行くと、あんなにあった新聞に殆ど目を通したらしく、横に重ねてあった。

「昨夜は本当にありがとうございました。久しぶりの暖かい布団で、この子も私も朝まで一度も目覚めず、ぐっすり眠りました。家を出てから本当に久しぶりです。ありがとうございました」

まずお礼を言った。心の底からそう思っていた。裕子の人としての温かさが伝わってくるようだった。

「よかったわ、そんなに喜んでもらえたら私も嬉しいわ」

裕子もホッとした顔をしていた。

「さて、何から話したらいいかしらね。まず、家の事だけど、新しい部屋が見つかるまでここに居ても構わないからね。不動産屋さんの保証人には私がなるから、気に入った部屋が見つかるまで、ゆっくり探しなさいね。それから、もし今日も店を手伝ってくれるなら、見習いとして日給一万円でどう？　昨日は少し遅くからだから八千円ね。但し買い物分を差し引いて六千円ね」

　千秋はびっくりした。家に泊めてくれた上に、まだ日給を払ってくれるというのだ。

「そんな、家に泊めていただいている上に、日給なんて頂けません」

　千秋は慌てて言った。

「それは違うわよ。お店の仕事はビジネスなのよ。ビジネスはお金で片を付けないとダメなのよ。家に泊めたのは、私の好意。それには値段はつけられないでしょ？　目に見えないものに値段をつけると往々にして行き違うのよ。人それぞれ持っている価値観が違うから。私の好意はそれとして受けて、店の仕事はキチンと報酬を貰ってね」

　そう言う裕子は凛としていた。信頼のおける人だと千秋は只々頭を下げていた。この人なら「ついていける」と思った。この瞬間、千秋のこれから先は決まった。

「わかりました。有難くご好意に甘える事にします。経験は全然ありませんが、雇っていただけるなら一生懸命頑張りますので宜しくお願いします」

「そう、よかったわ。では今日から店に出てね。さっきも言ったように、暫《しばら》くは日給一万円。日給月給で計算しているから、給料日は月末。時間は五時から十二時までだから、あなたは五時に出勤してね。中西さんに着付けをお願いして、私の着物を着てちょうだいね。今の子はあまり着物を着ないけれど、着物の子が多いと店が華やぐし、お客様も喜んで下さるから。見習いが終わったら、時給にして二千円にするから、日給にすると、時間にもよるけれど一万二千から一万四千円になると思うわ。それだけあれば、一ヶ月で三十万弱になるから、何とか生活していけるようになると思うわ。日曜日と祭日はお休み。土曜日は、やってほしいというお客様もいるので、頼まれた時だけ開店してる。こんなところかな、ビジネスの話は」

千秋は願ってもない事です、と頭を下げていた。

「時給も働きぶりや経験で上げて行くわね。部屋の事は麻里恵ちゃんの事もあるし、ゆっくり探しなさい。さっきも言ったように、私はいつまで居てもらっても大丈夫だから。夜、中西さんに寝かしつけて帰ってもらえば、俊也もいるし心配ないと思うわ。部屋を借りてからは、無認可だけど、夜預けられる保育所も知っているから紹介できると思うわよ」

「何から何まで、本当に……」

後は涙となって言葉にできなかった。

「泣かないのよ。こんな事で泣いていては、これから先、麻里恵ちゃんと二人で生活していかないといけないのに、もっと辛い事が起こったらどうするの？　頑張って、頑張って、頑張り抜くのよ。そうしないとご主人から逃げ出した意味がないでしょ？」

「はい、もう泣きません。何があっても麻里恵を守って育てる覚悟ですから」

それが千秋の決意であった。

「そう、その調子。実は私にも貴女のような過去があるのよ。辛かった時期もある。だから貴女達母子《おやこ》を見た時、見なかった事にはできなかったのが正直なところよ。ごめんなさい、一つ忘れるところだったわ。貴女の源氏名、『本橋葵』って私が勝手につけてしまったけれど、良かったかしら？」

「はい、素敵な名前です。とても気に入りました。一生、ハートの中で過ごせるなんて、ロマンティックで良かったです」

「じゃあ、決定ね。実は私の『柊由紀』という名前も初めて勤めた『クラブ 坂井』のママがつけてくれたの。柊は魔除けになるから、魔除けして大成するようにって。源氏名をつけると別人になれるからいいわよ。私は中西さんに着付けしてもらうと、『柊由紀』になるわ。貴女もそうなると思うわよ」

裕子は昨夜の千秋の客とのやり取りを見ていて、初めて水商売に足を踏み入れた子のやり取りとは思えないと感じていた。頭の回転が早い。初めてなのに客との会話にそれなりについていけている。もう少し勉強して色々な事を覚えればもっと上手くなると思った。「クラブ 坂井」のスミ子ママが、裕子にイロハから教えてくれたように、千秋にもイロハから教えて、伸びていけば一流のママになれるのではないか？ そんな期待を抱かせる千秋である。スミ子ママが自分を育ててくれたように、「この子を立派に育ててみよう」と決意した裕子であった。

第五章　誕生

「ママは沢山の新聞を読んでいらっしゃるんですね」

「ああ、これ？ そうね、お客様には色々な方がいらして、政治に興味のある方、経済に明るい方、スポーツが好きな方、本当に色々。その方達の会話についていくには、こちらもその知識がある程度なければ聞いていてもわからないでしょ？ お客様から意見を求められる事もあるし、色々勉強していないと会話が続かないから、色んな方面の知識を新聞で仕入れてるってわけなの。そうそう、一つ言っておくわね。昨日お客様から頂いたお名刺に、その方の特徴や話した事の内容、例えば経済に明るい方とかを書いておくと、その方を覚えるからいいわよ。この仕事の基本は、お客様のお顔とお名前をすぐに覚えて、二度目に見えた時にはお名前を呼んで差し上げると、それだけでお客様はこちらの印象が強くなって喜んで下さるから、ますます打ち解けていけるし、次々と繋がる事もあるから覚えておくといいわよ」

「私、名前を覚えるのが苦手だから、どうしようかと思っていましたが、早速やってみます。昨日頂いたお名刺に特徴などを思い出して書いておきます」

「そうね、それがいいわ」

「ママは最初にお勤めになった『クラブ　坂井』というお店から独立なさったんですか」

「あのね、そのママというのはやめて。今は『山本裕子』だから、裕子さんでいいわ」

「すみません、さっき、そう言っていらしたのに」

「八年程前に『クラブ　坂井』のスミ子ママが引退する時、その店で働いていた五月ちゃんと二人で、『クラブ　坂井』を引き受けたのよ。二人で頑張って『クラブ　坂井』を経営したわ。お客様にも可愛がっていただいたお陰で繁盛したし、五月ちゃんとも二人ママとして一生懸命やってきたから、とても良い関係だったのよ。私には五月ちゃんという切磋琢磨できる良い意味でのライバルがいた事が幸せな事だったのね。本当に二人で頑張ってた。三年位前に、五月ちゃんが『クラブ　坂井』を錦《にしき》に出して力を試したい、と言い出したのね。名古屋だと、錦三丁目がこういうお店の聖地って思われてる所もあって、やっぱり錦三《きんさん》で勝負したいと思ったのね。私もそれは考えないわけではなかったけれど、『クラブ　坂井』はやっぱりこの場所だという気もしていたの。二人でよく話し合って、名前と場所を別々にして、五月ちゃんが『クラブ　坂井』の名前を持って錦に店を出し、私はこの場所で新しい名前のお店をやる事にしたの。それでここは『クラブ　のぞみ』になったわけ。色んな事に望みを抱いて頑張ろうと思ったからね。五月ちゃんと喧嘩別れしたわけではないから、錦の方から五月ちゃんの紹介で来てくれるお客様も居るし、『この場所が懐かしい』と言って、足を運んで下さるお客様も居る。お客様も名前と場所で懐かしむ事ができると喜んで下さるから、私達の選択は間違ってなかったと思うわ」

「裕子さんにも、そんな歴史があったんですね。あっ、生意気言ってすみません」

「いいのよ、本当の事だもの。ついでに、中西さんが来る前に、中西さんの話もしておこうかしら？　中西さんは通いのお手伝いさんと言ったでしょ？　私が初めて『クラブ　坂井』に勤め出した時は、俊也は四歳だった。その時は夜の保育所に預けていたのよ。貴女にも紹介すると言った保育所。でも、小学校に行くようになったら、保育所は卒業でしょ？だから、夕方から夜だけ来てくれる人を探したの。子供相手に留守にした家にいてもらうんだから、人柄が良く、身持ちの固い人でないと、こちらも信用ができないでしょ？　その事情をスミ子ママに話したら、中西さんを紹介してくれたの。スミ子ママのお眼鏡にかなった人だけあって、とても良い人よ。よくやってくれてね。俊也が中学生になった時に八時までにしてもらったけど、最初のうちは私が帰って来るまで居てもらってたのよ。貴女も麻里恵ちゃんの年齢によって、色々な方法に変えていけばいいのよ。女が一人で生きるには大変な事も多いから、色んな先輩の話を聞いて良い方法を見つけて、少しでも負担を軽くしていけたら暮らしやすくなっていくと思うのよ。そういう方法を探してお互いに頑張っていかないと、女が一人で生きる事が、いつまで経っても大変な事で終わってしまうでしょう？」

「裕子さんの話、全てがいい勉強になります。私には力になる事ばかりです」

「これからよ。貴女はまだ若いもの。色んな事があると思うわ。良い事も悪い事も全部それを受け入れて、自分の中に引き受けて、頑張っていくしかないもの。頑張りましょう、お互いにね」

「はい、力が湧いてくるような気がします」

「じゃあ今日から正式に『本橋葵』の誕生ね。後で私が、店の千秋ちゃんに電話をして話しておくわ。店の千秋ちゃんもいい子だから大丈夫よ。『クラブ　坂井』のスミ子ママから私が教わったように、貴女にもイロハから教えるわね。私も頑張るから千秋ちゃんも頑張って」

「はい、頑張ります」

こうして、二階堂千秋は源氏名「本橋葵」となった。

高齢者を狙う詐欺

その一　特殊詐欺

誕生日がきて、石井素子は七十二歳になった。自分では気分は若い頃と変わっていないし、七十二歳だなんて「信じられない」と思っている。但し、身体は正直で、あちらこちら痛いところや、痛みまでは伴わないが調子が悪いなと感じるところが増えている。一番痛切に感じるのは、体温調節が悪くなったという事。外気温の暑さ寒さが身体に堪えるようになった。

例えば、エアコンの効いた室内から外に出た時、一瞬クラクラする感がある。すぐに元に戻るが、瞬間的な変化に戸惑う事が多い。瞬発力、判断力もそうだ。趣味のテニスをしていると特に感じる。ボールを追っての最初の一歩、足が出るタイミングが遅いのだ。それらを考えると、高齢者の運転の誤りが交通事故に繋がっている例がよくあるのも頷ける。自分でいくら気にかけ、気を付けていようとも、自身の身体の変化はどうしようもないところがあり、難しいのであろう。

思考能力においても、同じ事が言えるのだと思う。後になって冷静に考えれば、話の矛盾点や言い回しの巧みさに翻弄《ほんろう》されているだけでおかしな話だと気付くのだが、その時は惑わされてしまい、振り込んだ後になって家族に連絡して騙された事に気付かされる、振り込み詐欺などはよく聞く話だ。

素子の身に起こったそれは、九月になったばかりの蒸し暑い日であった。名古屋は特に蒸し暑いと言われる土地である。注意力も散漫になる午後の一番蒸し暑い時間帯に、電話の呼び出し音と共に、

「東京からです」

ナンバーディスプレイの音声が響いた。東京にいる娘の裕美からは、いつも

「非通知です」

とかかってくるのに、「今日は違うんだ」と思いながら素子は電話に出た。自分では裕美を想定しているので、最初に受話器から流れてきた男性の声に戸惑った。

「石井さんのお宅ですか？」

「はい、そうですが」

「素子さんでいらっしゃいますか？　私、ダイニチホーム……のウエスギと申します」

ダイニチホームまではよく聞こえたが、その後が聞き取れなかったように感じた。

「はい、何か？」

「ありがとうございます。実はこの度、弊社で作りましたケアホームの入居権が、愛知県にお住いの七十代以上の方の中から抽選で、石井様に当たりましたのでご連絡させていただきました」

「ちょっと待ってください。私はそんな事に応募はしていませんし、いりません」

「そうですか、わかりました。でしたら、他県の方で、ぜひ入所したいと希望している方がおられますので、権利を譲っていただけますでしょうか？」

「私はいらないものですし、そういう方がいるのなら、どうぞお使いください」

「ありがとうございます。では、こちらでその方の入居手続きに入ります。この入居手続きはあくまでも、石井様ではなく他の方ですので、石井様は何もなさらなくて結構です。ありがとうございました。入居希望の方が喜ばれると思います。助かりました。私はダイニチホーム……のウエスギと申しますので、覚えておいていただければ嬉しいです」

「いいえ、私は何もしておりませんので」

　そう言って電話を切ったが、二度とも会社名の語尾が聞き取れなかった。疑問ばかりが残る電話だった。何故、応募もしていないのに当たるのか？　電話番号とフルネームが向こうにわかっているし、この時も後で考えるとおかしな事が多いが、電話の向こうは、矢継ぎ早にこちらに口を挟ませないように畳みかけてくる会話で、こちらの返事のみを要求してくる感じだった。

何処《どこ》かで詐欺を疑っていたが、その日はその後電話はかかってこなかった。

次の日の夕方、夕食の支度やら何やらで忙しい時間帯のことである。もう、昨日の電話の事はすっかり忘れていたが、またかかってきた。

「私、昨日お電話をさせていただきました、ダイニチホーム……のウエスギと申しますが」

また語尾が聞き取れない。

「はい、まだ何か?」

「昨日の入居の件ですが、石井様の代わりに入居する方の入居手続きが終わりましたので、そのご報告と、お願いがあってお電話させてだきました。実は、新しい方は石井様の名義のままの権利で入居されますので、入居手続きはすべて石井様のお名前で進めております。この契約の間に入っている、ニホンケア……という会社から契約のお礼の電話が入ると思いますが、石井様が『私ではありません』とおっしゃられますと話がややこしくなって、今入居の手続きをしている方が入居できなくなってしまいますので、ニホンケア……の会社からお礼の電話が入った時には全てにハイハイと返事をして、話を流しておいてほしいのです」

やはり、会社名は聞き取れないように言っている。

「わかりました。何しろハイハイと聞いておけば良いのですね。何という会社から電話が入るのですか？　聞き取れなかったので、もう一度、会社の名前をお願いします」

頭の中では、何でもハイハイと聞いておいてというのは変だと思った。後で、ハイと返事をしたでしょう、と言ってくるような気がした。

「ニホンケア……です。介護用品などのニホンケア……です。聞いた事がおありですよね」

「ニホンケア、その後は何といいますか？　聞き取れませんが」

「ニホンケアパレスです」

「わかりました。返事をしておきます」

そう言って、電話を切って間もなく、また電話が鳴った。この電話も
「東京からです」

とナンバーディスプレイが知らせていた。

「はい」

電話に出ると、

「私はニホンケア……のサカイと申しますが、石井素子様でいらっしゃいますか？　この度は弊社のケアホームのご契約をいただきまして、ありがとうございました」

「それ、来た来た」と思った素子だったが、ここでも「ニホンケア……」語尾が聞き取れ

ない、聞き取れないように言っているとしか思えなかった。

「いえ」

「それで石井様、こちらで受け付けて契約が済んだという、証明書番号が発行されるのですが、この番号が明日にならないとわからないのです。ですので、明日もう一度、そのご連絡の電話をさせていただきたいのですが、何時頃お電話をさせていただいたら宜しいでしょうか？」

素子は、明日は午前も午後も用があったが、午前より午後の方が電話を受ける時間があるだろうと思ったので、午後と答えると、

「わかりました。では、明日の午後に私、サカイからご連絡をさせていただきます」

と電話を切った。

昨日のウエスギと名乗った人物といい、このサカイと名乗る人物といい、こちらにはあまりしゃべらせないようにして、次々と質問の返事を要求してくるように感じた。自分達が言っている事を考える余裕を与えないようにしている気がした。

昨日ウエスギなる人物からの電話の後に感じた「詐欺っぽい」という、疑う気持ちが甦《よみがえ》り、ネットで検索してみる事を思いついた。素子は早速、パソコンに向き合った。まず、「大日ホーム」で検索をかけた。「大日ホーム」という会社は高崎にあった。これは群馬県

である。ナンバーディスプレイも東京の市外局番を知らせていたので、東京は間違いないだろう。次に、ダイニチホームで調べたら、ダイニチホームも実在する会社だった。

ところが、ダイニチホームという検索キーワードに、とんでもない記事が引っ掛かってきたのだった。ダイニチホームズの関連した、特殊詐欺の記事だった。

素子は「ダイニチホーム……」と聞いたけれど、「あれは、ダイニチホームズだったのかもしれない」と思い当たった。何度聞いてもホームの後が聞き取れなかった。「ニホンケア……」という会社名にしても語尾の方はあまり聞き取れないように話していた気がする。聞き返したので、「ニホンケアパレス」と言ったのだ。

その事例は、青森放送のニュースで流れたものだった。

七十代の女性が特殊詐欺で約九百万のお金を騙し取られたという。その話の中に登場するのは、「ダイニチホームズのミヤケと名乗る人物」と「ニホンケアのオオゼキと名乗る人物」で、老人ホームの入居権が当たったという話から始まった詐欺であった。

素子は「これだ」と叫んだ。この話のリメイクに間違いない。今の状態からお金の話にどう繋がるのかが不思議だったが、これは警察に通報しなければならない事例だとも思った。いつ連絡すればいいか？　今までの話で詐欺が疑われるから連絡しようか？　それとも明日の電話を録音してからにしようか？　素子は迷った。

夫、直樹は
「俺が途中で電話を変わり、『警察です』と言ってやるか」

とか、

「『話が青森と一緒だね』と言ってやれ」

とか、色々助言をくれるが
「もう馬鹿な電話に付き合うのをやめて、ほっておけ」

とも言う。ほっておいても電話はかかってくるだろうし、考えた挙げ句、最寄りの警察署に電話を入れた。

代表番号にかけ、

「特殊詐欺の件ですが」

と言うと、電話に出た警察官は
「どういう内容ですか？」

と聞いた。素子は、時系列で細かく今までの経緯を話した。明日電話があるはずなので、それを録音してから連絡しようと思っていたが、青森の事例があったので今連絡したのだと付け加えた。警察官は「どうやって、青森の事例を見つけましたか？」と「ウエスギとサカイと名乗った人物は何歳くらいでしたか？」と聞いた。

　素子は、サカイと名乗った人物は三十代に、ウエスギはそれよりも少し上に感じたのでそう話し、青森の事例は、ネットで会社を検索しようとしたら、「ダイニチホーム」のキーワードでヒットしたのだと説明した。

「この詐欺グループは二人以上でやっているグループだね。一人で声音《こわね》を変えている事もあるけど、年が違ったらそうはいかないからね。今度電話があったら、『最寄りの警察署に連絡した』と言って下さい。青森の事例は調べてみます。貴重な情報をありがとうございました」

と言って電話を切った。

　素子は、今の話をどうやってお金の話につなげるのか興味があったので、そこまで聞いていてもよかったかな？　とも思ったが、直樹の言うように、もうかかわらない方が良いのだとも思った。たとえ、詐欺とわかって対応していても、相手は人を騙すつもりでいる悪人なのだ。それこそ、騙したりすかしたりして、あの手この手でこちらを信用させようと必死でからんでくるだろう。その対応で、こちらの神経を擦り減らすほど馬鹿らしい事はない。もっと、自分でやりたい事、好きな事に時間を使ったり心を砕いたりする方が、人生が建設的になると思っていたので、警察に通報した事で自分の中ではすっきりとしていた。ただ、周りの人たちには、そういう事例として伝えておこうと考えた。

次の日の午前、素子はかねてからの予定通り外出した。電話はもうないと思っていた。昼頃帰ってみると、直樹が
「出かけてすぐに『東京からです』と電話があったが、俺は出なかった。ナンバーは同じだったぞ」

と言う。結構しつこい。素子の事を騙せる相手だと感じたらしい。「詐欺師に見込まれても嬉しくないわ」と苦笑いするしかなかった。

素子は途中で電話を切るようなことはしない性格である。人の話は最後まで聞き、どう感じ、どう自分の中に取り入れるのか、取り入れないのかを判断するのは自分しかないと思っていたので、今回も相手の話はしっかりと聞いていた。だから相手は、素子がすっかり話を信じ込んでいると思っているのかもしれない。

昔、花火大会に行き隣で見物をしていた見ず知らずの人が話しかけてきた時、一緒に話していて直樹に
「知っている人なの？」

と聞かれて

「知らない人」

と答えてあきれられた。

そんな性格の素子だから、詐欺グループにしたら、「騙せる相手だ」とチェックされているのかもしれない。その日は、午後も出たり入ったりしていたが、帰るたびに直樹が
「電話があったぞ」

と言った。

素子は一度出てみようかとも思ったが、何か良い方法はないかと考えて、携帯電話の着信拒否の機能を思い出した。固定電話機にも同じ機能はあるはずだと思い当たった。早速取扱説明書を出して、着信拒否の設定をした。これでかかってはこないだろう。だが、詐欺集団には「騙せる相手だ」と見込まれたのである。喜ぶべきか悲しむべきか？　これから先、自分がしっかりしていないと大変な事に巻き込まれる事になるかもしれない。「充分に心して過ごさねば」と素子は決意を新たにした。


今頃、青森の七十代の女性は、とんでもなく悲しくて、悔しくて、情けない、何とも言えない気持ちで過ごしているのではないだろうか？　考えると、素子は気の毒でならなかった。この人は、きっと心の優しい、良い人なのだ。だから悪い人とは思わずに信用して

しまったのだろう。その結果、騙されることになり、やりきれない思いでいるのではないだろうか。もし、それが自分だったら、どうやって立ち直ればいいのだろう。

老後の生活のために蓄えたお金がなくなった事による心細さに加え、口車《くちぐるま》に乗せられた自分の浅はかさに対する悔しさ、責める相手が何処の誰ともわからない辛さ、自分の行いを後悔する情けなさ、家族に迷惑をかける心苦しさ、色々な感情が入り混じって襲ってくる慟哭《どうこく》、数え上げたらきりがない心の闇。そのどれにも打ち勝って過ごさねばならない日々。早く立ち直ってほしいと願うばかりである。

その女性の事例で素子は救われたと言っていい。

「貴女のおかげで、私は詐欺にあわずに済みました。本当にありがとうございました」とお礼を言いたいくらいである。そんなことでは彼女を救う事に繋がらないと思うが、これから先、気を強く持って生きてほしいと願わずにはいられない素子であった。

その二　還付金詐欺

月曜日の午後の時間は、ＮＨＫＦＭで放送しているクラシック音楽のオーケストラ演奏を楽しむことにしていた。三六五日連休の俺にとって、曜日の区切りでもつけなければ、何日なのか、何曜日なのかもわからなくなってしまいそうになる。なので、好きな音楽と読書で日付の感覚を持つようにしていた。

月曜と水曜の午後はＮＨＫＦＭのクラシック音楽を聞き、木曜日は図書館に出向き、金曜日は肩の痛みの緩和にリハビリに通っていた。この頃は、寝ていてもあまりの痛さに目が覚めることがあった。動かさなければ固まってしまうとリハビリのドクターに言われ、せっせと通っていた。この痛みがどこからきているのか原因を探るためにリハビリをしながら、色々な検査をしていた。

検査やリハビリのために病院に行くと、殆どが俺と同年輩の人である。皆、身体のどこかに調子の悪さを抱えているから、病院に通っているのであろう。俺も後二年もすれば、七十の大台にのる。気持ちは若い頃と変わらないのに、身体は正直だと思う。人はこうして徐々に衰えていくのであろうか。寂しい限りであるが、これが自然の節理であると自覚して、身体の衰えを今までの経験と知恵で何とかカバーしていかなければと思う日々であった。

そんなある月曜日の午後、これからラジオの前に陣取って、オーケストラの演奏に耳を傾けようとした時、電話が鳴った。

「はい、香山です」

と出た俺に、相手は
「私、区役所の国民健康保険課の荻原と申しますが、薫さんはいらっしゃいますでしょうか？」

と告げた。俺の名前は「香山薫」といい、子供の頃から、名前だけだと女の子と間違えられていた。しかし、相手は区役所の人間だ。当然俺本人だとわかっていると思い
「私ですが……」

と言うと一瞬詰まりながら、

「失礼しました。国民健康保険の件で、薫さん宛に一ヶ月程前に、緑色の封筒でご連絡を差し上げてあります。その期限が明日に迫っているのですが、ご返送していただけましたか？」

と言う。俺はそんな封筒は記憶になかった。

「一ヶ月前ですか？　そんな封筒は貰ってませんがね」

「いえ、お出ししております。健康保険関係は緑色の封筒に統一していますので、緑色の封筒でお出ししました」

「緑色は特定健診の封筒しか来ていないですよ」

「いや、大きなＡ４サイズの物ではなく、定型の緑色の封筒なんですが……」

「いや、やはり来ていないと思いますが、私が見落としたかもしれないのでもう一度、送り直してもらえませんか」

「先程も申しましたように、その中に返信していただく物がありまして、その期日が明日なのです。返信用の書類の中に、『返送がない場合は電話にて問い合わせいたします』と小さい字でしたが書いてありましたので、電話させていただきました」

「役所が電話で問い合わせなどしてくるか？」返信がなければ、ないところに再度書類を送れば済む事で、役所という所は、何かにつけて紙の書類を重要視している。疑問を浮かべながら、俺は
「そうですか、それでは何に関しての問い合わせだったんですか？」

と聞いた。

「実は前年度の医療費に関しての計算間違いというか、計上間違いが見つかりまして、その間違いについて、こちらのミスなので、お詫びの手紙と共に返金の方法についてどのようにさせていただいたら良いかという、問い合わせだったのです」

「なるほど」

俺はここにきて、これは新手《あらて》の還付金詐欺だと気が付いた。役所という所は、必ず紙の回答を重んじるものだ。どう体裁のいい、尤《もっと》もらしい事を言おうとも、電話での問い合わせなど絶対にしない。自分がやっていたからよくわかっている。

俺は腰を据えて、この詐欺師らに付き合う事にした。今日のクラシック音楽は聞き逃す事になるが、こちらも、新手の暇つぶし、退屈しのぎには面白いかもしれない。それに名前から女性を想定していたのかもしれない。相手を確認した時に少し間があった。こちらもせいぜいお芝居をして、奴を煙《けむ》に巻いてやろう。俺は、訳のわからない年配者に扮する事にしよう。

「私はどうしたらいいでしょうか？　もうお金は諦めろって事ですかね？」

「そうですね、香山さんの場合は、前の書類はご覧になっていないですよね。計上間違いで五万円程払いすぎていただいているので、その返金方法について、返信をいただいていれば銀行振り込みでお返しする事ができたのですが、今日ではそれもできないので……」

「そうか、五万円もあるのでは、返してもらいたいなぁ。物価が上がっている時に助かるもんなぁ」

「そうですね、一つ方法があります。お近くに銀行はありますか？　そのATMの操作で受け取れますよ」

「えっ、ＡＴＭではそんな事できないでしょ？」

「いえ、私が操作をお教えしますので、その通りに操作していただければ、こちらからの送金を受け取れるようになりますので、大丈夫なんです」

「そうか、そんな事ができるなら、ぜひ欲しいなぁ。五万円は大金だからなぁ」

俺はさもお金が欲しそうに、残念そうに言ったつもりだった。相手はここぞとばかりに押してくる。

「では私の方でやり方をお教えしますので、銀行に着いた頃、携帯に連絡をいたしましょうか？　そしたらＡＴＭでの操作ができますよ」

「私は足が悪いのでね、銀行まではちょっと遠いな。でも五万円のためだから頑張ってみるか……」

最後は独り言のように呟《つぶや》いた。

「では、近くにコンビニがありましたら、そのＡＴＭでも宜しいですよ」

相手は誘い出す事に一生懸命だ。そりゃあそうだ、年金暮らしの俺のなけなしの金を引き出すつもりなのだから……

「コンビニか、コンビニの方が少し近いか……」

これも呟いた。

「私の方の間違いなので、ぜひ返金させていただければと思っているのです。ＡＴＭの操作で返金できるので、ＡＴＭまで行って下さい」

「そうだな、頑張ってみようか」

俺は散々粘って、欲しそうにしていたが、芝居の一番のクライマックスに差し掛かって、オーバーに声を上げた。

「痛いなぁ……今日は足の調子が悪いなぁ。残念だけどＡＴＭまで行けそうもないから、俺の分の五万円は親切なあんたにあげるわ」

そう言った途端に

「ガチャ！」

電話は切れた。詐欺師いや詐欺師の集団かな？　年寄りのせめてもの逆襲だ。

この日のクラシック音楽は聞き逃した。

その三　架空請求詐欺

電話が鳴った。受話器を取った私に間髪《かんぱつ》を入れずに相手が言った。

「いつもお世話になっております。私、三ノ森《さんのもり》銀行のお客様相談室の野原と申しますが、徳田様のお宅でしょうか？」

「はい、そうですが」

と返事をしたものの、会社のオフィスからかけているにしては、電話の向こうがザワザワしている気がした。話し声ではないが、ザワついているのだ。オフィス内は、どこの会社も電話の向こう側まで聞こえるような騒がしさはない。受話器の声が聞き取りにくかった。

「伸江様はいらっしゃいますでしょうか？」

「はい、伸江は私ですが」

「失礼いたしました。私、三ノ森の野原と申しますが、今日お電話をさせていただきましたのは、昨年の九月に東京新宿区内のコンビニから十万円キャッシングをされているようなので、その件でお電話させていただきました」

「えっ、私、キャッシングなんてしてませんよ。この三年程東京には行ってませんから」

「九月十日にインターネットで新しいカードを作り、二十日に新宿区のコンビニ・ミツボシマート新宿駅西店のＡＴＭでキャッシングされています」

「そんなはずないです。私はこの三年は東京に行っていないし、カードも家に置いていますのでキャッシングなどできないはずです」

少し前に、「スキミング」という、キャッシュカードの情報を盗み取って、その情報を使って偽《にせ》のキャッシュカードを作ってお金を引き出す方法があると聞いていたので、その事だと、自分で思い込んでしまっていた。キャッシュカードは家に置いてあるし、そんな事になるはずがないと思ったので、必死で否定した。

「東京には行っていないし、キャッシュカードは持ち歩かないので、そんな事できるはずがないのですが」

「では、警察に被害届を出していただかないといけないですね。これからお伝えする三つの事を警察で言っていただくと被害届がスムーズに受理されますので、メモしていただけますか」

私のどの口座から現金が引き出されているのだろうと思いながら、「少しでも早く、引き出される前に止めなくては」その時はそう思っていた。筆記具を用意して電話口に戻った。

「どうぞ」

「まず、管理ナンバー、ＹＫ１４５１と言って下さい。次に、カードナンバーは下８桁５６９３１２９０です。その他の情報説明として二〇二〇年九月十日にインターネットでカードを作り、二〇二〇年九月二十日にミツボシマート新宿駅西店で十万円キャッシングされています。以上の事を言っていただくと、被害届を出した時にスムーズに受理されます」

「わかりました。この十万円は、私のどの口座から引き落とされているのですか？」

そう聞いた私に、相手は少し面食らったように言った。

「いいえ、徳田様の口座から引き落とされているわけではないです。徳田様の名前で十万円のキャッシングがされているのです」

「では、キャッシングしたって、借りているという事ですか？　その十万円が返金されていないので、その問い合わせの電話なのですか？　これは」

そう聞いた私に、相手は「はい」と言った。私は一気に冷静になった。

「キャッシングって、誰かが私の口座から十万円を引き出したのではなく、私の名前でお金を借りているって事ですか？」

「はい、そうです」

そう聞いた時、私が被害を受けているわけではないと思った。私の名前で借りてあっても、そのお金の出どころは私の口座ではないから、お金を出した先である銀行かローン会社が被害届を出すのであって、私ではない。

私はこの「されている」という言い方を、相手が私に対して敬語を使って言っている意味に取ったが、電話の相手は「誰かにされている」という意味で使っていたという事なのだ。もう一つの「キャッシング」という意味も、私はキャッシュカードからの連想で「お金を引き出す」という意味に取ったが、相手は「借りる」という意味で、「誰かが貴女の名前でお金を借りています」と言っていたのだ。

相手は、続けて言った。

「近頃こういった話が多く起こっているので、本日は、東京の麹町警察署のサイバー課とタイアップしてお電話をしているのです。このまま被害届をお出しいただくために麹町警察署のサイバー課にお電話をお回しする事ができます。先程の三つの事を伝えれば、すぐに被害届が受理されますのでお回しいたしましょうか？」

相手はそう言ったが、変わった相手が本当に警察官だと確かめるすべは、その時の私には何もない。

「いいえ、回さないで下さい。私は名古屋なので被害届を出すとすれば、こちらの最寄りの警察署に出しますから」

これは新手の詐欺だと感じたので、はっきりと断った。

「わかりました。では警察署に行かれた時は、先程の三つの事を伝えて下さい。処理が早く済みますので」

詐欺だと疑われているとは思わないのか、まだ尤もらしい事を言っている。私も素知らぬ声で
「わかりました」

と返事をして電話を切った。

それから、三ノ森銀行に電話を入れた。お客様相談室に野原という人物は存在するのかと問い合わせたところ、調べてみるという事で電話は折り返された。三ノ森銀行では、お客様相談室という部署はなくて、お客様サービスセンターという事。野原という行員はいるが、部署が違うとの答えが返ってきた。

次は最寄りの警察署だ。

「詐欺の件でお電話しました」

と言うと、電話口に出た警察官は丁寧に言った。

「住所とお名前をフルネームでお聞きします。詐欺は被害を受けられたのですか？」

私は住所氏名を名のり、被害にあってはいないが、詐欺だと思われる電話があったと話

し、最初からの経緯を説明した。お金の話にはなっていないが、三ノ森銀行にお客様相談室という部署はないそうだし、野原という人物もいないとの事だったと、付け加えた。どうしたら、お金の話に結びついていくのかわからないが、おかしいと思い通報したと話した。話を最後まで聞いていた警察官は言った。

「やはりこれは詐欺ですね。多分、架空請求詐欺と言って、キャッシングされたという金額を、『貴女の名前なので、立て替えて払ってください。その後に被害者救済の措置で補填されるので一時的な立て替えだけです』というような話にして、コンビニでプリペイドカードや電子マネーを買わせて騙し取る方法だと思いますが、この犯人は、徳田さんがしっかりしているので、とても騙せないと思って電話を切ったと思いますよ」

私は、褒められているのか、慰められているのかわからない複雑な気持ちであった。

相手の言う事を自分の知識と結び付けて自分なりの解釈で思い込んでしまう事。「キャッシング」とはお金を引き出す意味もあるが、借りるという意味もある事。「されている」という言い方は、敬語でもあるが、人からされているとの受け身の意味もある事。年齢とともに思い込みも激しくなっているから、一度思い込んだら中々その思いから抜け出せない事など、色々な事を思い知らされた。特にカタカナで言われると、漠然とした意味しかわかっていないために、間違った解釈をしてしまいがちである。

例えば、リフォームとリノベーションの違い。わかっているようでわからない言葉は多い。リフォームは現状を今よりもより良いものにする、リノベーションは古いものを新しい物に変える、という違い。リスペクトという言葉も、使い方で何となく、尊敬するとか敬意を表するという意味だと想像できるが、突然使われたりすると、勘違いするかもしれない。一つ一つきちんと調べれば良いが、日々の生活に追われていると、そのままになってしまう。何となく理解しているつもりになっていると、何かの時に、詐欺集団に使われて、大変な事になったりする。

毎日を心して過ごさねば、騙されないつもりでも騙されることになる。相手は騙すつもりで言葉巧みに近づいて来るのだから、余程《よほど》心して過ごさねばならない。高齢者には生きにくい世の中になったものであるが、そう言って嘆いていても仕方がない。これからは、自分をしっかり持っていかなければと決意を新たにするきっかけとなった詐欺師からの電話であった。

その四　オレオレ詐欺

家から車で二十分程の所で一人暮らしをしている息子は、一週間に一度位の割合で仕事帰りに家に寄る。二人暮らしの私たちを気遣ってか、給料日前の金欠病で夕食を食べに来るのかはわからないが、息子に言わせると「お互いの安否確認もあるからね」との事で頻繁に連絡を取り合っていた。

その日も、仕事帰りに寄った息子が、夕食を食べて少し休んで帰って行った。

「そろそろ家に着く頃ね」

と思いながら見上げた時計は、十一時を少し過ぎたところだった。

その遅い時間に電話が鳴った。時間が時間だったので、「実家の母に何かあった？」それとも「息子が何か忘れて帰ったかしら？」と思いながら受話器を取った。

「お母さん、僕だけど」

お母さんと呼びかけられて、先程帰ったばかりの息子の顔が浮かんだが、ちょっとした違和感もあった。声が少し若い感じがしたし、息子は僕とは言わないし、と思ったが、何

か忘れ物でもしたのかと、一応
「どうした？」

と聞いた。相手はまた
「お母さん、僕だけど」

と言う。

「だから、どうかしたの？」

と言っても、また
「お母さん、僕だけど」

何度も声を聞くうちに、ハッキリ違うことに気が付いた。どうも、名前を呼ばせたいようだ。この頃、「オレオレ詐欺」が頻発していたので、「それだな」と思った。

「だから、どうしたの？　何かあった？」

と少し大きな声で言った。

「もう少し小さな声で話して、僕だけど」

相手は僕を連発している。どうしても名前を言わせたいらしい。適当な名前を言ってみようと思ったので、

「わかった。誰なの？　ケンちゃん、やっちゃん、マモル？　貴方は誰？」

「ガチャン」

電話は切れた。面白半分に「オレオレ詐欺」に便乗した若い子かもしれない。声が若かった。遅い時間だから、お金の話になったとしても大金を吹っかけてくる事はまずないだろう。この時間では大金は都合がつかない事くらいわかるだろう。どんな子か？　どうか間違った道に行かないでと願いながら受話器を置いた。

この時感じたのは「お母さん」と呼びかけられると、息子の顔しか浮かばなくなる。女の子の母親だと最初から「誰？」と思うが、息子を持つ母親なら、まず息子の顔が浮かぶ。まして遠くに離れて暮らしていて、たまにしか声を聞かなければ尚更である。

「オレオレ詐欺」は、親心に付け込んだ卑劣な犯罪だと思う。息子を思う親の計り知れない愛情を踏みにじる犯罪なのだと詐欺をする人はわかっているだろうか。

その詐欺師達にも親はいる。自分の親がそんな目にあった時、何を感じるのだろうか。自分が親になって初めて騙した相手である親の心を知るのだろうか。自分の親の悲しみを察するのだろうか。

さっきの若いであろう電話の相手、その子もそんな罪を背負った辛い一生を送る事になってほしくないと願う、これも一種の親心である。

色が付いた声

朝の公園は静かだった。子供達の遊ぶ声もママ達の賑やかな話し声も何もない。吹く風が木立を渡る音と、時折出勤を急ぐサラリーマンの足早に歩く靴音が聞こえるだけだった。通り過ぎるサラリーマンが俺に目を向けても、俺が風景の一つのように気にも留めない。

一度、公園を掃除している近所の老人に声をかけられた。身なりはサラリーマンなのに、所在なさげにベンチに腰掛けてボンヤリしていたからだろう。咄嗟に嘘をついて、出勤途中にちょっと休んでいるだけだと言った。老人はどこかでいぶかしみながら、

「疲れているんだな、気を付けて行けよ」

と言ってくれた。何でもない優しさが身に染みた。

俺も一ヶ月余り前までは、普通のサラリーマンだった。公園を横切る人のように足早に出勤をしていた。そう、あの日までは。

その日は少し風邪気味で熱っぽかった。だから注意力も散漫になり、あんなミスを犯したのだ。

行きつけのクラブからの再三の飲み代の催促に、パソコンのメールでやり取りしていた。課長になりたての頃、前任の課長から引き継いだ店のホステスに入れあげた。取引先に接待される製造部にいる時は良かった。下請け会社の連中を引き連れて通い、請求書は全て

取引先に回した。しかし、営業に移ってからはそうはいかなかった。膨大な接待費がそうそう使えるわけもなく、自腹の支払いは滞るばかりであった。飲み代の累計は三百万近くに達していた。何とかやり繰りして、会社の少ない接待費で落とすには、巧妙に、日付、金額等をチェックしなければならなかった。昼過ぎに来た急な来客で席を立った時、やり取りしていたパソコン画面は休止状態になっていた。それをすっかり忘れていた。

夕方になってアポなしの来客がやっと帰り、席に戻ると周りの視線がどことなく前とは違っていた。部長が近づいて来て、厳しい顔で会議室に誘った。会議室に入ると

「これは何だね？」

と見せられたものは、プリントアウトされたクラブとのメールのやり取りだった。俺は頭の中が真っ白になり、なんと答えたか思い出せない。この日の事で覚えているのは、その後の周りの人たちの冷たい視線と、俺を見ながら、ひそひそと話す同僚の姿だけだった。

あの時風邪気味でなかったら、あの時急な来客がなかったら、あの時クラブとメールのやり取りをしていなければ、何度そう思った事だろう。

この日を境《さかい》に、俺の会社での立場は一変した。同期の中でも早々《はやばや》と課長に昇進し、順風満帆だった地位が、閑職に追いやられ、連日の肩たたきとも思える言葉の数々、周りの冷たい視線に耐えられず、辞表を出した。

その間にも、クラブからのキツい催促は続き、残りの飲み代を退職金で精算した。ホステスとは、金の切れ目が縁の切れ目となり、相手にされなくなった。

家族には、退職した事を言い出せず、退職金の残りは、ひと月ごとの給料として妻に渡しているが、それも後二ヶ月程で底をつく。どうしたものか。前と違って、連日定時に帰る俺を、この頃では家族もいぶかっている。「何とかしなければ」と焦るばかりで何も手に付かなかった。

輝いていた頃の事ばかりが思い出され、あの日の出来事の恨み節に行きつくという堂々巡りでこの一ヶ月余りをベンチで過ごしていた。

腹も減らないので、昼食を簡単に済ませ、また公園のベンチに座った。午後になり、学校から帰ってきた子供達の、元気に遊ぶ声が賑やかに聞こえ出した。

気が付くと、隣りのベンチに小学校低学年と見受けられる男の子が座っていた。傍に松葉杖が置いてあった。その子は真っすぐに俺を見ながら、

「おじさん、どうしていつもそのベンチに座っているの?」

真っすぐな穢《けが》れのない綺麗な瞳だった。俺は少し面食らいながら、

「ちょっと疲れたから休憩しているんだよ」

と言った。男の子は、近所の老人のようには納得しなかった。

「でも、おじさん毎日そこに座っているでしょう？　毎日疲れているの？　先月からずっと座ってるよね」

俺はびっくりした。毎日座っていたのを、この子はちゃんと見ていたのだ。それをきっちり記憶していた。

「僕ね、先月病院を退院してから、毎日、ここで歩く練習をしていたの。今は随分早く歩けるようになったよ。おじさんも毎日いるから、何かの練習をしているのかと思ってた」

その問いに答えようもなく、俺は話題を変えた。

「君の足の怪我はどうしたのかな？　交通事故かな？」

「うん、お母さんの運転する車にひかれたの。バックする時に僕がいるのに気が付かなかったみたい」

俺は余計な事を聞いたと後悔した。そんな俺の想いに関係なく彼は続けた。

「お母さんはそれから泣いてばかりいるの。僕がお母さんの見えない所にいたからなのに、お母さんは僕の足を擦《さす》りながら、いつも泣くんだよ。だから、早く前のように歩いたり走ったりできるようになって、お母さんを安心させたいと思って、毎日練習をしてるんだよ。随分早く歩けるようになったよ。見てて」

彼は松葉杖を上手に使って歩いてみせた。

「もう少ししたら、松葉杖を使わないで歩く練習をするって、リハビリの先生が言ってた」

「そうか、頑張っているんだな。お母さんを安心させるためにも頑張らないとな」

「うん、大丈夫。僕、お母さんに早く元気になってほしいもん。僕が前のように歩いたり走ったりできるようになったら、お母さんもきっと元気になると思うんだ」

「そうか、君は偉いなぁ」

「僕、磯山優斗。小学校一年生だよ」

そう言うと、遠くに向かって手を振った。見ると母親らしき人が手を振りながら近づいてきた。俺に会釈《えしゃく》しながら、立ち上がった男の子と共に去っていった。

遠ざかる二人を見送りながら、俺はこの一ヶ月余りの時間何をしていたのだろうと思った。過ぎた時間を追い、起こしてしまった事柄に目をつぶって、起こした自分を正当化する事ばかりを考えていたのではないのか。これから先をどうするのか、前も向けず、後ろ向きの後悔ばかりの時間を過ごしていたのではないのか。小学校一年生の子供でさえ、母親を案じ、起こってしまった事柄を受け入れて、母のためにも前を向いて過ごしているというのに、四十も過ぎた男が、後ろばかりを向いて過ごした一ヶ月余りだった。

「ポトリ」

目から鱗《うろこ》が落ちた気がした。小学校一年生に教えられた。確か、磯山優斗と言っていた。もう過去を振り返るのはやめよう。振り返っても、その場所には戻れないのだ。前に進むしかないのだ。明日からはベンチは卒業して職安に行こう。前のキャリアが活かせるような仕事でなくても何でもいい。今の俺にできる事を探そう。幸いな事に、まだ二ヶ月は給料として妻に渡せる分くらいは退職金が残っている。その間になりふり構わず探してみよう。あの同僚の冷たい視線と、居心地の悪い閑職の席を思い出したら何でもできる気がしてきた。

何故もっと早く気付けなかったのか。あの日の出来事が悪すぎたのではなく、クラブのホステスに入れあげた自分、言われるままに通い続けてため込んだ飲み代、全部自分で起こした事柄なのに、あの日の巡り合わせが悪かった事ばかりに目を向けているから前に進めないのだ。

そう気付いたら、周りの景色に色が付いた気がした。今まで見ていたのは色のない公園だった。子供達の遊ぶ声にも、ママ達の賑やかな話し声にも、それぞれの色が付いていた。声に色が付くはずはないのだが、俺の周りが明るくなった。

そう思いながら立ち上がった足も、力強く地面を踏んでいた。

第二幕に乾杯

大きな花束を抱えて地下鉄に乗った俺を、他の乗客が少し奇異な目で見たが、年恰好《としかっこう》と花束を見比べた時、その意味に納得したようだった。

今日三十八年勤めた会社を定年退職した。この三十八年の間には色々な事があったが、明日からは今日までとはひと味違う新しい一日が始まる。新しい日々には何が待っているだろうか。家に帰ったら、入社した日に買ったワインを開けて一人で乾杯だ。樽で熟成させたわけではないので、コクが出ているわけではないだろうが、共に三十八年を過ごしてきたワインだ。どうなっているだろう。どんな味になっているのだろう。ささやかなる楽しみだ。

最寄り駅に降り立ったら、駅前の行きつけのスナックに花束を置いて帰ろう。家に持って帰ればすぐに枯れてしまうだろうが、スナックのママなら長持ちさせてくれるだろう。生《せい》あるものは何でもその生をまっとうさせてやりたいと俺は考えていた。

最寄り駅に降りたら、そこに思いがけず息子の顔があった。息子の顔を見た途端、不覚にも涙が溢れそうになった。この子を俺たち夫婦の問題に巻き込んで、辛い目にあわせた。

「父さん、長い間お疲れ様。ちょうど昨日こっちに出張だったから一日延ばして、それを言いたかったから家で待ってたんだ。どうしても今日中に東京に帰らないといけないから、今出て来たんだけど、ちょうど会えたから父さんの顔を見て言えて待った甲斐があったよ。明日からは元気で、父さんのやりたい事や好きな事をやって過ごしなよ。身体だけは大事にしてくれよ。父さんが倒れたら、俺も大変な事になる」

「なんだよ、自分の心配か。でもお前の言うとおりだな。身体に気を付けて、これからは好きな事をやって過ごすよ。やりたい事を探さないとな」

そう言うと、息子は安心した顔で、俺が出た改札口を入っていった。そうか、待っててくれたのか。あんな事があったのに優しい息子に育ってくれた。

スナックに寄って、花を置いて家に向かった。

中に入ると息子の置手紙があった。今までの俺の労へのねぎらいの言葉と自分の事が記してあった。来年子供が生まれて父親になる事。そしたら、俺の気持ちが少しわかる気がしてきた、と書いてあった。「優しい息子だ」と思うと涙が一筋流れ落ちた。息子の手紙にはもう一つ、と前置きして
「理恵子さんの事。これを機会にはっきりしたらどう？　俺に遠慮はいらないから。父さんの気が済むようにして。俺たちも新しい家族が増えるのは大歓迎だよ。これは、俺たち夫婦と生まれてくる子供と三人からの言葉だよ」

そうか、そこまで気遣いのできる大人になったんだな。

五年程前、理恵子と付き合い始めた頃、息子の大反対にあった。息子は、母親に捨てられたと思っていたから、母親と呼ぶ人ができる事に拒否反応があったのだろう。俺は息子を一番に考えていたから、理恵子とは再婚もせず、新しい形のパートナーとして、付かず離れずの関係で過ごしてきた。

理恵子にも娘が二人いたが、その子達はもう独立して子供がいた。理恵子の娘たちは俺を受け入れてくれて、俺たち二人の関係も認めて、

「これからの人生に、二人の居心地の良いように過ごしてほしい」

と言ってくれていた。

そうだな、これを機会にもう一度理恵子と話し合ってみよう。これからの二人の関係性についてを。第二の人生において、二人の立ち位置を考えてみよう。

そう思い、ワインと昨日買っておいたおつまみを出して、息子の手紙を改めて読み返しながら飲み始めた。

ワインを買ったのは入社式の夜。同期の連中と夜の街に繰り出しての帰り際、ちょうど店を閉めかけていた酒屋で買った。他の連中は

「何だ、まだ飲み足りないのか？」

と冷やかしていたが、俺は酒に強い方ではない。自分なりのこだわりの計画があったからだ。そのワインを抱いて帰り涼しい所に置いた。その日からワインと共に過ごした。

息子の母親とは、三十三歳で結婚した。妻となったその人とは、八歳の年齢差があった。知り合いから紹介されたお見合いだった。年の差が気にはなったが、周りの薦めと、妻の母親に何故かとても気に入られて、その母親からのたっての願いでもあり、気だても良い女性だったので結婚した。二年経って息子も生まれた。

観光会社に勤務している俺の仕事柄、添乗で海外や国内に出かけて家を空けることも多かったが、妻は何も言わずによくやってくれた。俺が海外に行っている時に息子が高熱を出して大変な事もあったようだが、彼女は泣き言を言わずに頑張ってくれた。海外勤務となった時も、黙ってついてきてくれた。慣れない外国で苦労も多かったと思うが、愚痴は全く言わなかった。

そんな妻から離婚調停が提出されて、家裁からの呼出状が息子の十七歳の誕生日に届いた。青天の霹靂《へきれき》だった。妻に暴力を振るった事はなく、給料袋もそのままで渡していた。何が不満だったのか皆目《かいもく》わからなかった。

妻は理由は何一つ言わず、ただ

「別れてくれ」

の一点張りだった。妻の母親は俺に
「離婚しないで。離婚しちゃダメ」
と言うし、息子の事に関しては何も言ってこないし、何が何だかわからなかった。一、二ヶ月おきにある調停に出向いて妻の言い分を聞こうにも、只々
「別れてほしい」
だけだった。俺が原因ならば改めるからと、何とか息子のためにも離婚を回避しようとしていたが、妻の気持ちは変わらなかった。
一、二ヶ月ごとの調停を三、四回過ぎた頃、調停員から
「奥さんは精神的に追いつめられているようなので、これ以上話し合いを重ねても良い結果は生まれないと思います。離婚に同意されてはどうですか」

と勧められた。俺は妻の事を何もわかっていなかった事に気付いていたので同意する事にしたが、息子の事はどうするのかと聞いた。妻は俺に「育ててほしい」と言う。「自分といるより、俺といる方が息子は幸せになれると思うから」と言うのだ。

俺には願ってもない事だったが、息子は母親に「捨てられた」と感じたようで、それからの息子は荒れに荒れた。仕事と自分の傷でいっぱいいっぱいで息子に心を砕いてやれず、本当に可哀想な事をしたと、今でも心が痛い。それでも息子は一年遅れて、大検を経て大

学に進学した。息子も強くなっていた。

後で聞いたが、元妻には学生時代から好きな人がいて、結婚を望んでいたが、男の方の親に反対されて実現しなかったらしい。それが同窓会で再会し、やけぼっくいに火がついたらしく、その時には反対していた相手の親も亡くなっていて、結婚できる状態にあり、俺と別れたかったという話であった。あの時俺は五十二歳、妻は四十四歳になっていて、女としての最後のチャンスに懸けたかったのかもしれない。いい面《つら》の皮だったが、これも人生、と却って吹っ切れた。それよりも、俺に非があったわけではないとわかってホッとした。

一年遅れて東京の大学に進学した息子も四年たって卒業して、そのまま東京で就職して二年目の今年、同じ会社の女性と結婚した。来年には父親になるという。俺はおじいちゃんか！　辛い事も悲しい事もあったが、良いサラリーマン生活であった。

明日からは違う毎日が始まる。どんな毎日になるのだろうか。好きな事、そうだ、ゴルフをやろう、テニスもやろう。体力と気力と銀行預金に相談して、今までやりたくても時間がなくてできなかった事や好きな事をやってみよう。明日からは時間はあり余る程ある。のんびりと自分のために時間を使おう。人生の中で一番贅沢な時間の使い方をしてみよう。

理恵子ともこれからの事を話し合い、お互いが今まで生きてきた証《あかし》である傷跡も、山を乗り越えた強さも全部含めて、座り心地の良い場所を見つけて、お互いの時間を大切にしながら歩いて行ける道を探そう。俺の、いや俺たちの人生の第二幕に乾杯だ。

アルプスのバァバ

その日、公平は田舎の祖母の夢を見た。

高山に住んでいる母方の祖母で、もう三年も顔を見ていなかった。五年前に祖父が亡くなり、その後は田舎で一人暮らしをしている。「受験勉強もあるが夏休みにばぁちゃんの所に行ってみるかな?」と思いながら起き上がった。

三学期の年度末テストも今日の英語で終わるので気分は楽だったが、そろそろ本腰を入れて受験勉強にかからねばならない時期だった。友人の中には去年から始めている者もたくさんいたが、公平は進路を決めかねて出遅れていた。東京の大学に行きたい気はあるが、それには親の経済力も考えねばならなかった。四月からは三年生になる。大学受験の年でもある。もうすぐ来る春の日差しに浮かれてはいられなかった。


学校は名古屋の東の外《はず》れにある。隣には、広域避難場所に指定されている公園があるが、その向こう側は隣の市に入ってしまう。小高い山も近くに見えて、名古屋の中では環境に恵まれた所だった。難点は坂道が多い地形だった。上《のぼ》ったり下《くだ》ったりで、運動部の強化練習にはもってこいの場所だが、歩いたり自転車に乗ったりしていると疲れてしまう。最寄りの地下鉄駅から学校までは十分程歩かなければならないが、高校生が喋りながら歩くには、坂があっても苦にならない距離だった。

一科目しかない試験も終わり、校門を出たところで後ろから
「公平、一緒に帰ろう」

まどかの声が追いかけて来た。

「まどかと帰ると、最初から最後まで一緒だからなぁ」

「何よ、嫌なの？　家まで私が守ってあげるからラッキーこの上ないでしょ？」

まどかは公平が一言《ひとこと》言えば、二言《ふたこと》三言《みこと》返してきた。それは昔から変わらなかった。

公平とまどかの家は隣同士。公平が幼稚園の時にまどかの家の隣に引っ越してからの付き合いだった。まどかの家は昔からの地主の大きな家で、敷地も広く、三世代で同居していた。一方、公平の家は猫の額ほどの庭がある普通の一戸建だった。

幼い頃はよく遊んだ。泣き虫だった公平はいつもまどかに助けられていた。幼稚園の頃は、いじめられている公平を助けて、勇敢にいじめっ子と戦っていたまどかである。ままごと遊びにもよく付き合わされていたが、公平はいつも子供の役であった。

小学校の低学年まではよく遊んだが、高学年、中学校と進級するにつれ、段々遊ばなくなったし、口もあまりきかなくなった。高校を受験するときも、同じ高校を受験したとは思ってもいなかったが、入学式でばったり出会ってびっくりした。母親達はとても仲良く

していたが、お互いに母親からの情報もなかったので驚いた。最もそれは、母親達の策略だったのかもしれない。

「公平は大学どうするの？　東京へ出るの？」

まどかは唐突に聞いた。

「俺か？　俺はまだ迷ってる。自分の学力、親の経済力、考えなければならない事がいっぱいある。本心を言えば東京に出たいけど……。まどかこそ、どうするんだ？　昔から東京の大学にあこがれていたろう？」

「あれ？　覚えててくれたんだ。私は東京の大学に行きたいと言ってるけど、ママが、あっ、母の反対にあってる。女の子だからダメだって。今時考えが古いのよ。今その事で親と闘争中なの。公平の学力なら東京の国立を狙えるけど、私は私立じゃないと無理だしお金もかかるからね。女の子だからとかいう理由じゃなかったら、地元の大学も考えるんだけど、親への反発もあって素直になれない」

「そうか、お互いに大変な時だな」

そんな事を話しながら、学校から最寄りの地下鉄駅までの中ほどにある公園に差し掛かった時、ベンチに座っているおばあさんが目に入った。公平は「いなかのばぁちゃんにそっくりだ」と思った。朝方夢を見たこともあり、「もしかしてばぁちゃんか？」と思ったほどであった。

その日は、二月にしては風もなく暖かい日で、近所の人が散歩の途中、公園で一休みをしているようにも見えたが、田舎のばぁちゃんにあまりにも似ていたのでベンチのおばあさんに目を留めていた。

その時、おばあさんが座った状態のまま、前のめりになってベンチから崩れ落ちた。まるでスローモーションビデオを見ているような倒れ方だった。

「まどか！」と言うが早いか、公平はそのおばあさん目掛けて走り出していた。まどかも気付いたらしく、同時に駆け出していた。

「おばあさん、大丈夫ですか？」

咄嗟に、おばあさんと呼んでいた。駆け寄って二人で抱え上げてベンチに座らせた。

「大丈夫ですか？」

座らせてから改めて声をかけた。おばあさんは最初は自分が倒れ込んだ事に気付いていないらしく、怪訝《けげん》な顔で二人を見ていたが、時間と共に自分の状態が呑み込めたようで、ニッコリ笑って
「大丈夫……らしいよ。心配してくれたんだね、有難う」

と割合明るい声が返ってきた。

「俺達が通りかかったら、前のめりになりながら倒れ込んでいったからびっくりしちゃって。でも、何ともなかったら良かったです。どこか痛いところもないですか？」

「大丈夫、どこも痛くないよ。緑を探して辺りを歩き回っていたら疲れちゃってね」

「緑を探して？」

その表現が新鮮だった。見慣れたところだから気にならなかったけれど、公園には木が植えられているから緑はあるが、それ以外はマンションばかりだった。

公平はまどかと顔を見合わせながら、

「緑があるとかないとか考えてもみなかったけど、この辺りは住宅街で、マンションと一戸建が並んでいるだけで緑ってないね。学校の反対側は大きな公園になってるから、木も多いし緑もあるけど、少し離れただけでこんなになくなるんだ」

と、公平は改めて感じた事を口に出した。

「俺達には普通の景色だけど、緑がないって感じるって事は、この辺りの方ではないんですか？」

この頃個人情報がうるさくて、人の事を色々聞く事は憚《はばか》られたが、公平は思い切って聞いてみた。

「一ヶ月位前に、娘と同居するために長野から出てきたんだよ」

「だから、緑がないって事にも気が付かれたんですね。俺達には当たり前の事でも、比べる事ができるから気付くんですね」

　そう言ってまどかを見ると、まどかも頷いていた。

「こんな事聞いて良いかどうかわからないけど、その他にも長野と違うなと感じた事はありますか？」

「そうだねぇ、長野だと、隣近所皆顔見知りだから、挨拶を交わして気軽におしゃべりをするけど、この辺りの人は、挨拶すら交わさず知らん顔の人ばかりだねぇ」

「なるほどなぁ、俺達には普通の事だけど」

「さっき、緑を探してって言ったけど、田舎じゃあ、どうしてたって目の中に自然の緑が入ってくる。この辺りは、それぞれの庭にある小さな造られた緑がたまに目に入ってくるだけで、大きな緑ってないのよ。まあ、山がないんだから当たり前なんだけどね」

「私、おばあさんの話を聞いてて、小さい頃に母に買ってもらった、『アルプスの少女ハイジ』の話を思い出しちゃった。あっ、ごめんなさい、おばあさんなんて言って」

「いいんだよ。自分では若いつもりでも、娘達は一人暮らしをさせておくのは心配だと言って、ここに来させたんだもの。あんた達から言ったら、確実におばあさんだよ。長野の中央アルプスの近くから来たから、『アルプスのバァバ』だね。あんた達は家の孫と同じ位かな？」

「私達、この近くの誠和高校二年生です。四月から三年生になります」

と、まどかが言った。

「家《うち》の孫も誠和だったと思うけど……」

「あの、失礼ついでにお名前を伺ってもいいですか？」

拒否されるかもと思いながら公平は言った。

「助けてもらったのに、名前も言わないでいてごめんよ。坪田都といいます。年は今年で七十六歳になるのよ」

「俺は、長内公平」

「私は、九条まどかといいます」

「公平君とまどかちゃんね。いい名前だね。二人とも優しい子に育ってて、ご両親に大切にされている事がよくわかるよ。ご両親に感謝しなきゃあね」

二人は顔を見合わせて苦笑いを浮かべた。

「さっき、一ヶ月位前に名古屋に来たって言ったでしょ？　ここに来てから家族以外の誰かと話をしたのはあんた達が初めてだよ。長野では毎日、道行く人や隣近所の人、友達と話をしない日はなかったのにね。マンションは部屋の中に入って扉を閉めたら外部とは遮断されて隔離されたようになる。朝、家族が仕事や学校に出かけてしまえば後は私一人。一ヶ月もそんな生活をしていたら気がどうかなりそうで、今日は思い切って外に出てみたの。バスが走っていたから、そのバスに乗ったら途中で遠くに山が見えた。凄く懐かしくて、長野が恋しくなってねぇ。まどかちゃんが『アルプスの少女ハイジ』を思い出したって言ったでしょ。娘が小さい頃テレビアニメでやってたねぇ。アルプスの山から出てフランクフルトの街の中で生活するうちに、アルプスが恋しくてたまらなくなって、精神的に病気になってしまうけど、山に帰って本来の子供らしさを取り戻していくって話だったよね。私もこのままではそうなりかねないねぇ」

「何故名古屋に住む娘さんと暮らす事になったんですか？」

公平はまたも聞いてもいいものかどうかと思ったが、思い切って聞いた。

「去年、おじいさんが亡くなってね。私が一人になったの。二人の娘は仕事の関係で長野では暮らせない。上の娘が『名古屋に来て一緒に暮らそう』と言ってくれて、ここに来たのよ。マンションだけど、娘と婿さんと孫が一人だから私が来ても私のための部屋もあるから大丈夫と言ってくれてね。三人がそれぞれに出かけると部屋の中には私一人。長野のように畑の世話をするわけでもなく、友達や近所の人もいないからお喋りもできない。やる事が何もなくて、動かないから体にも良くないし、気持ちも段々下向きになっていく。

このままでは私は認知症になってしまうと思ったから、思い切って外に出てみたの。バスに乗ったり歩いたりしたけど、長野では坂道ばかり歩いたってどうって事はなかったのに、この一ヶ月のうちに想像以上に体力が落ちてたんだね。坂道に疲れてしまったってわけ」

「じゃあ今日は外の世界を知るための冒険だったんですね」

公平は朝見た、高山の祖母の夢を思い出しながら言った。

「そうだね、冒険だね。これからの事を考えるための冒険だね」

坪田都と名乗ったおばあさんは自分に言うように言った。

じっと聞いていたまどかが口を開いた。

「私の家はマンションではなくて一軒家だから、狭いけど庭があって、おばあちゃんができる範囲で野菜を作ったり、花を植えたりしてるから、緑がないって言われてもあまりピンとこなかったの。だけど、改めてこの辺りを見渡すと、人が住む家ばかりで、庭があっても綺麗に造られた小さな庭で自然な緑はないなって思えてきた。本当に今まではそんな風に感じた事はなかったのに」

「俺は……」

公平は今朝の夢を思った。ここで言っていいものかどうか迷ったが、坪田都の言う事は、ばぁちゃんが言っていた事と同じだとも思えた。

「今朝、ばぁちゃんの夢を見たんだ。高山の田舎に住んでる俺のばぁちゃんと都さんがとても似てる気がする。ばぁちゃんも、五年前にじぃちゃんが亡くなって一人暮らしになった時、母と母の兄弟である伯父さんと叔母さんの三人でどうするか協議してた。その時に、ばぁちゃんが『まだまだ私は一人でやっていける。心配はいらないから。』と言ったらしい。『ここにいたら好きな野菜作りもできるし、毎日の生活に必要なこまごまとした家事もやらないといけない。人はやる事があるって事は幸せな事なんだよ。あんた達誰かと一緒に住む事になったら、野菜は作れないし、こまごました家事からも解放されて楽かも知れないが、それでは体もなまってしまう。少々しんどくても、やらなければならない事があるって事は自分にとっては大切な事なのさ。ここを離れて都会に出たら、友達も知り合いもいない所に一人で放り出されたのと同じ。ここに居るから友達も何かにつけて声をかけてくれるし、少し顔を見ないからと心配して近所の人も覗いてくれる。勿論、こっちからも覗きに行く。何よりここでは悦ちゃんと名前で呼んで、小さい頃から知っている人、気心の知れた人がたくさん居るから、いつまでも、気が若くいられるかもしれない。お願いだから、ここに居させてちょうだい。どうしても一人ではやっていけないようになった時には、誰かの近くに行って、施設に入って過ごす事にするから、それまでは私の我儘だと思って聞いてほしい』と言ってたと母さんから聞いた。俺もばぁちゃんに『俺ん家《ち》に来いよ』

と言ってみたけど、ばぁちゃんは首を横に振って『公平は優しい子だね』って笑ってた。

さっきの都さんの話を聞いてたら、ばぁちゃんの言ってた事を思い出した」

「そうだね、公平くんのおばあさんの言う通りかもしれないね。あの時はおじいさんが亡くなったばかりで、心細くなっていたし、娘たちが一生懸命私の事を思って言ってくれている事もよくわかっていた。その気持ちも有難いと思って娘の言葉に甘えたんだけど、ここに居て私が病気にでもなったら、却って娘の負担になってしまう。自分でもこのままの状態では認知症にもなりかねないと思ったもの。今はまだ元気で自分の事は自分でできるから、長野に帰って、一人で頑張ってみるのもいいかもしれない。今のままでは却って先が心配だもの。一緒に暮らそうと言ってくれたのは、本当に嬉しいし、有難いと思うけど、今は帰りたくなっちゃってると、正直に打ち明けてみようかね」

まどかが頷きながら
「心から話せばわかってもらえるよね。私も進路の事、東京の大学に行きたいという事を、きちんと親に話してみる。今の話を聞いてて、只々『行きたい、行きたい』と子供のように駄々をこねるのではなく、筋道を立てて『こうだから、こうしたい』と話してみようと思う。勇気が湧いてきた。ありがとう、気付かせてくれて、感謝です」

公平も、自分で勝手に、学力と親の経済力とか言ってないで、自分の進路を見据えて親に当たってみようと思っていた。

「胸に閊《つか》えていた事を吐き出したら、お腹が空いた」

まどかが言った。


時計は午後一時になろうとしていた。テストは一時間だけだったので、この公園に差し掛かったのは、午前十時を少し過ぎた頃だった。話し続けていて、お腹も空くはずである。

「あそこのコンビニでお弁当でも買ってきて、ここで三人で食べようよ」

公園のはす向かいにコンビニがあった。まどかの提案で、ピクニック気分で弁当を食べる事になった。言い出したまどかが代表して買いに行った。

「今日、あんた達に会えて良かったよ。初対面なのにあんた達に色々聞いてもらって勇気も出てきたし、本当にありがとう。町の人は、とっつきにくい人ばかりだと思っていたから、こんなに話ができるとは思ってなかった。あんた達だから良かったのかもしれないね。声をかけてくれて嬉しかったよ」

坪田都は言った。

「俺も進路の方向が見えてきたから、本腰を入れて受験勉強に向かえる気がする。まどかも言ってたけど、俺達の方が感謝です」

公平は都に話しかける時の呼び方を考えていた。今は「都さん」と言ったが、仰々《ぎょうぎょう》しくて似合わない気がした。女子は友達同士は呼び捨てか、ちゃん付《づけ》で呼んでいた事を思い出して、「ミヤちゃんと呼ぼうか」と思い立った。高山のばぁちゃんも名前を呼ばれると若返るようだと言っていたし、と考えながら

「俺達、今日で友達になったから、これからはミヤちゃんと呼んでもいいですか？」

おずおずと聞いてみた。都はびっくりした顔で公平を見た後、

「そう呼ばれたら嬉しいよ。長野でもそう呼ばれていたからね。年は随分離れてるけど、名古屋で最初に友達になったんだから。何しろ孫と同じ位の年の友達だもの、私の宝物になるよ」

都は満面の笑みを浮かべた。そこへ、まどかが帰ってきた。

「色々あって迷っちゃったから、三人とも同じお寿司にした」

と、助六寿司と、温かいお茶を差し出した。おしぼりももらっていたが、交代で手を洗ってきた。

さあ、食べようと並んで広げた時だった。まどかの携帯がラインの着信を知らせた。

「何だろう？　ママかな？」

まどかは携帯を覗き込んで、メールを読んでいたが、顔を上げると

「夏美のおばあちゃんがいなくなっちゃったって言ってる。見かけたら教えてってメールだった」

と、公平と都に言った。

「夏美?」

「ミヤちゃん、知ってるの?」

公平とまどかは顔を見合わせた。

「家の孫も夏美って言うんだよ。近藤夏美」

「そうだよ。近藤夏美。学校で同じクラスだよ」

「二人は夏美と同級生なの? 何かのご縁だね。夏美が学校から帰ったら私が居ないので探してたんだねぇ。心配して友達にまで聞いて回ってくれて。悪かったわ、心配かけて」

「おばあちゃんは私達と一緒にいるって事を夏美に知らせておくわね。心配しなくても大丈夫って」

まどかは素早くメールを打ち始めた。

都は心配をかけた事を本当に申し訳なく思っていた。若い者に心配をかけたり、手のかかる年寄りにはなりたくなかった。

メールを見た夏美からすぐに電話があった。「まどか達と一緒に何処に居るの?」と聞

いたらしい。まどかが
「学校から地下鉄『里中』の駅との真ん中辺りにある公園だよ。今三人でコンビニ弁当を食べてる。食べ終わったら、公平と夏美ん家近くまで送っていくよ」

　まどかはそう言い、都と電話を変わった。都の元気な声を聞けば、夏美の心配も少しは和らぐだろうと思ったのだ。都は夏美に
「心配をかけたね。急に思い立ったものだから。ゴメンね」

と謝っていたが、

「わかった。じゃあここで待ってる」

と言う。どうやら夏美が迎えに来るらしい。三人は改めて弁当を広げたが、お茶が冷めかかっていた。

　都が食べ終わった公平に話しかけた。

「本当はここからどうやって帰ったらいいかわからなかったのよ。マンションを出て、行き当たりばったりでバスに乗っちゃったから迷子になってた。住所を言って、二人に送ってって頼もうと思ってたんだよ」

「送って行くのは全然構わないよ。何もかも初めての体験だったんだから、仕方がないよ。知らない所だからと夏美も心配してたと思うけど、何事もなくて良かったよ」

「夏美、半泣きだったよ」

「そう、可哀想な事をしたね。本当に悪かった。これからはもっと自重して行動しないとダメだね」

都はつくづく思った。


「おばあちゃん、まどか！」

夏美が息を切らせて駆けつけてきた。

「おばあちゃん、ダメじゃん。外に出かけるなら出かけるってちゃんと言ってくれないと、心配するでしょ」

夏美は都の顔を見るなり言った。

「ごめんよ、ごめんよ。心配かけたね。急に思い立ったものだから」

都はしきりに謝っていた。何を言われても自分の軽率な行動で心配をかけた事に変わりはない。「夏美に心配させて可哀想な事をした」と思った。

「おばあちゃんね、田舎から出て来て一ヶ月になるだろう？　パパやママが仕事に、あんたが学校に出かけてしまうと、家の中に一人きりになる。ママが家事もしなくていいって言ってくれるから楽はしてるけど、テレビを見るくらいしかする事がなくて、誰とも喋らないからこのままでは認知症になりそうと思ったのよ。同居したばかりなのに、認知症にでもなったら余計にあんた達にお世話をかける事になるだろう。何とかしなきゃあと気は焦っても、どうしていいかわからない。外に出て見ると新しい何かが探せるかと思って、思い切ってバスに乗ったのよ。そしたら遠くに山が見えたの。山に少しでも近づきたくて、歩いたりバスに乗ったりしてたら疲れちゃってね、ここのベンチで休んでて、あまりに疲れて落ちそうになったところを二人に助けてもらったの。あんたからも二人にお礼を言ってね」

「そうだったの。まどかも公平君も本当にありがとうございました」

夏美は改まってそう言うと頭を下げた。

「ううん、私達は落ちそうだったミヤちゃんを見つけたから、助けただけ。ミヤちゃんと色々話をしたり、聞いてもらったりしたら勉強になる事が多くて、私達の方がお礼を言わないといけないくらいよ」

「ああ、二人共、進路についての悩みも解決できそうだしな」

公平も、夏美と都の気持ちが少しでも軽くなるようにと思い、言葉を続けた。

「ありがとう、そう言ってもらうと少しは気持ちも軽くなるよ」

都も言った。お互いに「ありがとう」の連発だった。

「さあ、それじゃあ、そろそろ帰るか」

公平の言葉を合図に四人は立ち上がった。

都にピッタリくっついて歩く夏美を見ながら、公平は、夏休みには高山のばぁちゃんの所へ行こうと、心に決めていた。

著者プロフィール

篠田 るい（しのだ るい）

1950年、愛知県名古屋市生まれ。

読書ばかりして過ごした少女時代。20歳で結婚。一女一男に恵まれ、平凡な人生を歩み、文学とは無縁の生活を送る。

2018年、近くの大学のオープンカレッジの一つである文章講座に参加した事がきっかけになり、言葉を紡ぎ始め、『葵』に繋がる。

葵

2023年7月15日　初版第1刷発行

著　者　篠田 るい
発行者　瓜谷 綱延
発行所　株式会社文芸社
〒160-0022 東京都新宿区新宿1－10－1
電話 03-5369-3060（代表）
03-5369-2299（販売）

印刷所　株式会社晃陽社

ISBN978-4-286-24306-1

料金受取人払郵便

新宿局承認

7553

差出有効期間
2024年1月
31日まで
(切手不要)

郵便はがき

160-8791

141

東京都新宿区新宿1－10－1

(株)文芸社

愛読者カード係 行

ふりがな お名前		明治 大正 昭和 平成 年生 歳	
ふりがな ご住所	□□□-□□□□	性別 男・女	
お電話 番 号	(書籍ご注文の際に必要です)	ご職業	
E-mail			
ご購読雑誌(複数可)		ご購読新聞 新聞	

最近読んでおもしろかった本や今後、とりあげてほしいテーマをお教えください。

ご自分の研究成果や経験、お考え等を出版してみたいというお気持ちはありますか。

ある　ない　内容・テーマ(　　　　　　　　)

現在完成した作品をお持ちですか。

ある　ない　ジャンル・原稿量(　　　　　　　　)

書　名			
お買上 書　店	都道　　　　市区 府県　　　　郡	書店名 ご購入日	書店 年　　月　　日

本書をどこでお知りになりましたか?

1.書店店頭　2.知人にすすめられて　3.インターネット(サイト名　　　　　　)

4.DMハガキ　5.広告、記事を見て(新聞、雑誌名　　　　　　)

上の質問に関連して、ご購入の決め手となったのは?

1.タイトル　2.著者　3.内容　4.カバーデザイン　5.帯

その他ご自由にお書きください。

(　　　　　　)

本書についてのご意見、ご感想をお聞かせください。

①内容について

②カバー、タイトル、帯について

弊社Webサイトからもご意見、ご感想をお寄せいただけます。

ご協力ありがとうございました。

※お寄せいただいたご意見、ご感想は新聞広告等で匿名にて使わせていただくことがあります。

※お客様の個人情報は、小社からの連絡のみに使用します。社外に提供することは一切ありません。

■書籍のご注文は、お近くの書店または、ブックサービス(0120-29-9625)、セブンネットショッピング(http://7net.omni7.jp/)にお申し込み下さい。